光荣与梦想——"大语文"系列丛书总序

穿过一丛金色的墨西哥橘,六岁的小红豆头戴粉盔,骑着一辆有辅助轮的浅粉色自行车前行。在她身后跟着三岁的小青豆,蓝色背心、蓝色头盔,滑动着一辆海军蓝滑板车。

在温哥华的这个浅蓝清晨,我望着女儿红豆和儿子青豆的背影,绷紧了久违的轻快心情。此刻我的另一个儿子在太平洋彼岸舒展着拳脚,已经名扬神州、纵横四海,他就是十二岁的大语文。

那一年际遇喜人,没落的大宋皇裔赵伯奇当时正是北大游泳队队长,俊美倜傥的郭华粹正要从不列颠返回国内,出身文坛世家的陈思正将从哈佛启程,卸任了校学生会主席的朱雅特正要入住北大教育系设在万柳的高级学生公寓,而这套书的主要执笔人——我的表弟张国庆,也正在收拾行囊欲来北京助我成就大事……那一年的我们,大多毕业于北大、北师大的中文系,本有着大不相同的人生规划,却因为我许下了五个耀眼的愿望,如埋下一粒豆子作为种子,而相聚在一起,簇拥着走出了同一条人生轨迹。

那一年，种瓜得瓜，种豆得"神"。神奇的大语文诞生。

五个愿望：一愿我们投身于校外教育，把语文课变得有意思；二愿将大语文课程商业化，以丰厚的回报让大语文家庭过上富足而体面的生活，同时也让更多卓越人才敢于加入大语文战队；三愿大语文课程走向全国，使更多孩子受益；四愿大语文课程进入学校，深度补充和影响校内语文教育；五愿大语文走向世界，吸引更多华裔或其他学习者，使其对中国文学文化乃至世界文学文化产生较浓兴趣。

这是多么光荣的梦想。被商业繁荣笼罩着的华彩世界里，我们愿意燃烧年轻的生命，去照亮大语文，或是做烛去点亮大语文。

十二年后，我们作为一家颇具潜力的上市公司被广泛关注，原打算用一生去交换的五个愿望也开始一一实现。欢喜之余，我也冷静了下来。我对队伍说，我开始不甘心只为一时而绽放，我想留下些许我们的代表作，让这些被汗水泪水浸泡着的奋斗所产生的价值能够长久留存。

那么，什么才能做到长久留存？战国时期最伟大的弩机大师也随弩的入土而不闻于世，而孟子的浩然之气、庄子的逍遥自由却总让千年后的人们神往。历代精美的琉璃制品、珍珠黄金、武器枪械、米铺碾坊，都随大江

一套写给中小学生的文学史

主编 ◎ 窦昕

笑死人的文学史

明代篇

石油工业出版社

《乐死人的文学史》编委会

主　　编　窦昕

执行主编　赵伯奇　　张国庆

豆神大语文名师编审委员会委员

　　　　　窦　昕　　赵伯奇　　朱雅特
　　　　　张国庆　　殷程其　　魏梦琦
　　　　　许　龙

编　　者　白　玲　　孙　丽　　刘　飞
　　　　　陈吉赫　　隋　妍　　梁　燕
　　　　　董　颀

东去；罗摩与神猴、罗密欧与朱丽叶、《西游记》与《水浒传》、雨果与歌德、马克·吐温与杰克·伦敦才会百年千年流传。

锐意进取、诚信无欺，精良的产品确可以建立百年老店。

回归率真、淡泊功利，生动的文化才能够成就千载流传。

放下商业思维，忘记市场需求、获客成本等并无长久意义的盘算，回到我们出发时的初衷：我们为何而来，我们欲往何处？我们只想做能够千载流传的好东西。

于是在大语文这个儿子步入青春期之时，我们有了新的憧憬，可以命名为"新五大梦想"。第一，完成整套"大语文"系列丛书的出版，囊括校内学习、文学文化、写作技巧、课外阅读、非母语者的汉语学习等诸多内容，为语文教育和中国文学文化推广普及做出些微贡献。第二，以教育的视角，制作一部部精良的动漫剧集或真人影视剧，使千年来文学文化史上的关键信息和核心内容得以如"大河小说"一般地记录。第三，以教育的视角，建立一个个还原各朝代各国家的互动式文化体验馆，以浸入式话剧及其他高科技交互方式，使孩子们能够生动浸入、体验到大语文课本中讲述的各个时空场景。第四，研发一系列语文学科的人工智能学习工具，使学生在学语文时遇到的绝大多数问题能够得以低成本、高精度解决。第五，牵头制定一项标准，该项标准能将所有汉语使用者（包括母语学习者、华裔非母语学习者、其他族裔非母语学习者、使用汉语的计算机软件）的汉语水平（尤其是对汉语背后的文化认知水平）在同一体系内进行评价。

又是一粒愿望的豆子种下去，遥望，又是数十年。不知几个十二年之后，我们这个队伍可将"新五大梦想"一一实现。有了"回归率真、淡泊功利，生动的文化才能够成就千载流传"这样的"大语文精神"，我也衷心希望大语文团队能够永秉对语文教育的赤诚之心，将这星星之火种永传下去，不论熊熊烈焰或微弱火苗，皆然。

所幸，多年前我的几位学生，也已陆续加入了大语文战队，看来当年埋在他们少年时代的梦想种子已经发芽。种瓜得瓜，种豆得"神"。

小红豆喜欢绘画，她说她要和我合作画一本绘本。"会赚很多钱，然后送给你。"她说。我问："爸爸平时也不花钱，要那么多钱做什么呢？"小红豆一笑嫣然，说："你可以用来制作更多的书啊！"

这真是种豆得"神"了。

阅读说明

TA这一辈子 再现作家的漫漫人生路，从大文豪的出身家世讲到临终之际。你想知道的名人趣事和八卦，这里应有尽有。

闪亮登场 展示作品中主要人物的身份资料，看故事之前先记住人物的关键信息。

剧透先锋 原文太长读不完？没关系，我们告诉你这些经典作品"就是这么回事儿"！

超级访谈 与重量级作家面对面交流，让名家亲自讲述动人的故事。我们耳熟能详的诗篇背后，是一把辛酸泪还是没心没肺的大笑？答案就在《超级访谈》！

特别推荐 《超级访谈》还没看过瘾？《特别推荐》继续由名人为你讲解他的得意之作或者其他大家的千古名篇，揭秘创作背景，透析作品灵魂！

文苑杂谈 深挖作者、作品之外的文学知识。古人怎么取名和字？诗词中曝光率最高的楼阁有哪些？读完《文苑杂谈》，你就是文学常识小百科。

欢乐谷 轻松一刻，用搞笑的四格漫画调侃作家或作品。嘘！千万别笑太大声，不然旁边的人还以为你读书读傻了呢！

七嘴八舌 作家的好朋友是怎么评价他的？作品中提到的人也有话要说？听大家七嘴八舌聊一聊，从不同的角度了解作家和作品。

目 录

明代文坛 …………………………………………… 1

《三国演义》 真刀真枪斗地主 ………………… 9

《水浒传》 梁山好汉一声吼，朝廷也要抖三抖 … 31

《西游记》 打怪、升级、通关 ………………… 51

《牡丹亭》 死了都要爱 ………………………… 69

唐　寅　想当官也太难了 …………………… 89

归有光　命运坎坷的深情之人 ………………… 105

袁宏道　不爱做官就爱玩儿 …………………… 123

冯梦龙　带坏青年的写书狂魔 ………………… 141

凌濛初　独闯敌营的大才子 …………………… 157

张　岱　爱玩爱乐的痴人 ……………………… 173

明代文坛

明代概况

元朝末年,社会动荡不安,出现了许多起义军,其中一支起义军的首领比较独特,放过牛,又当过和尚,还到处要过饭,最终参加了起义军,他就是朱元璋。朱元璋骁勇善战,率领部下夺取天下,于1368年建立了明朝,成了皇帝,定都在南京。1398年,朱元璋去世,把皇位传给了孙子建文帝朱允炆,但朱元璋的第四个儿子、朱允炆的叔叔朱棣并不甘心,他在1399年起兵,1402年攻下了南京,当了皇帝,也就是明成祖,后来又迁都到了北京。此后,明朝先后经历了永乐盛世、仁宣之治等繁盛时期,政治清明,国力强盛。

1449年,北方的少数民族瓦剌入侵,明英宗朱祁镇御驾亲征,遭遇惨败,自己也被俘虏了。因为这次战争发生在土木堡,所以史称"土木堡之变"。瓦剌乘胜追击,一路打到了北京城下,幸好有名臣于谦,在他的率领下,明朝军队与百姓们一起守住了北京城,打赢了京师保卫战。但这次战争对明朝社会的破坏力极大,明朝也由盛转衰。到明朝末年,政治腐败,国力衰退,爆发了多次农民起义。1644年,农民起义军领袖李自成攻入北京,崇祯皇帝上吊自杀,明朝灭亡。

明朝时期,君主专制加强,也就是皇帝一个人说了算,所有的权力都必须握在皇帝手里。明太祖朱元璋废除了丞相制度,不管大事小事,都亲自处理。他还设立了厂卫,这是一种侦查机构,时时刻刻监督大臣们的言行举止,相当于直接在人们身上安了个摄像头,这谁能受得了啊!当时人们都不太敢说话,明朝前期的文学也因此较为黯淡,缺乏生机,文坛上都是一些歌颂富贵繁华、言辞华美却没有什么意义的作品。

明代的手工业和商业非常繁荣。例如苏州,到了嘉靖年间,几乎没人种地,家家户户都在织布,发展纺织业。在这种情况下,商人的地位越来越高,文人们也不再看不起商人,开始和商人交游,这就自然地改变了当时文学的面貌,文人们开始写一些内容率真自然、语言通俗易懂的作品,大大推动了通俗文学的发展。

明朝前期文学

俗话说:"乱世出英雄。"元末明初时,起义不断,群雄逐鹿，出现了很多英雄人物，形成了一股崇拜英雄的思潮。而社会的动荡又激发了文人们的忧患意识，这就使当时的文学作品既有酣畅雄健的阳刚之美，又有着深刻的思考与担忧。

比如中国四大名著之一的《水浒传》，就成书于这个时期，描写了以宋江为首的农民起义从发生到失败的全过程，既热情地歌颂了起义英雄们的反抗斗争精神和他们的社会理想，又具体揭示了起义失败的原因，批判了奸臣当道的黑暗社会。

再比如四大名著中的《三国演义》，也是这个时期成书的，讲述了从东汉末年到西晋初年将近百年的历史风云，既塑造了刘备、关羽、张飞、诸葛亮、周瑜、孙权、曹操等一大批叱咤风云的英雄人物，又反映了三国时期各种社会矛盾与历史巨变。这些文学创作使当时的文坛呈现出极为繁荣的景象。

但没过多久，随着明朝社会的稳定发展，文人们的忧患意识渐渐消失，朱元璋废除丞相制度，监视大臣和百姓，还实行了很严苛的文字狱，甚至因为他自己当过僧人，就不许文人在文章中提到"僧"这个字，连同音字也不行，一旦发现，就会被认为是故意嘲笑皇帝而被砍头。在这种恐怖的统治之下,文人们连话都不敢说,哪里还敢抒发自己的想法。没办法,文人们只好开始写一些歌颂繁华、道德、神仙的作品,没什么实际意义,文学创作慢慢进入了低谷。

明朝中后期文学

明朝初期,朱元璋和朱棣都是工作狂,将权力牢牢地握在自己手里,大事小事都要管。可到了明朝中后期,皇帝们就没有这么勤奋了,这么多事儿管不过来,怎么办呢?让自己身边的太监帮忙,也就是宦官。宦官们掌握了权力,自然和大臣们起了冲突,这么一来,朝廷内部就出现了激烈的斗争,导致了政治上的混乱,对文人们的思想控制就不那么严格了。再加上这一时期手工业和商业迅速发展,手工业者、商人等数量大大增加,文学作品也就自然地活跃起来,开始反映普通百姓的生活,写得更加通俗,更有个性,也更倡导真实的情感,通俗文学得到了巨大的发展。

在当时的各种通俗文学中,小说是最引人注目的,出现了《西游记》和《金瓶梅》,它们和元末明初出现的

《水浒传》《三国演义》并称为"四大奇书"。这四大奇书都是章回体小说，章回体小说是中国古代小说的主要形式，对中国文学发展做出了宝贵的贡献。

　　章回体小说，顾名思义，就是把长故事分成好多章或者好多回来写。每回的故事相对比较独立，但是互相之间又有联系。每回的标题也非常讲究，大部分都是双句，有的还要对偶，《水浒传》里的标题就有"林教头风雪山神庙，陆虞候火烧草料场""梁山泊林冲落草，汴京城杨志卖刀"等，《三国演义》里的标题也是如此，比如"宴桃园豪杰三结义，斩黄巾英雄首立功""美髯公千里走单骑，汉寿侯五关斩六将"等。除此之外，因为章回体小说是在宋元时期的话本基础上发展而来的，一开始是为了讲给普通百姓听的，所以，章回体小说保留了话本的特点，每回开头的两个字往往是"话说"，结尾一般都会写一句"欲知后事如何，且听下回分解"。

　　明代的白话短篇小说也发展得很兴盛，出现了"三言""二拍"等作品。因此，人们常常把小说当成明代最典型的文学样式。

　　除了小说，明代中后期的戏曲、诗文也发展得很好。戏曲方面，出现了被称为"三大传奇"的《宝剑记》

《浣纱记》《鸣凤记》,还出现了有名的戏曲家汤显祖,他被称为"东方的莎士比亚"。在诗文方面,出现了公安派、竟陵派、唐宋派等许多派别,也出现了很多有名的作品。

总之,明朝文学,尤其是明朝中后期文学,鲜明地体现了当时商业发展的历史潮流,开始向世俗化、个性化转变,为中国通俗文学的发展做出了巨大贡献。

《三国演义》
真刀真枪斗地主

罗贯中（约 1330 年—约 1400 年）

年　代：元末明初

别　名：《三国志通俗演义》《三国志演义》

作　者：罗贯中

文　体：长篇章回体历史演义小说

篇　幅：一百二十回

字　数：八十多万字

荣　誉：与《西游记》《水浒传》《红楼梦》并称四大名著

闪亮登场

刘备

字：玄德
身份：中山靖王刘胜的后代
相貌：身高约1.73米，两耳垂肩，双手过膝
职业：编席子、卖草鞋
人物特点：仁

  刘备虽说是帝王之后，但到了东汉末年，群雄并起，连国家都快没了，也就没人把他当一回事了，因此这个也搞不清是第几代的皇子皇孙只能在街边摆摊卖鞋。然而，刘摊主从小也是胸怀大志的。刘备家门口有一棵十几米高的桑树，树冠阔大，好像古代皇帝马车上的车盖，刘备小时候就在这棵大桑树下面玩儿，说："我以后当了皇上，我马车上的车盖也要像这棵树一样大。"刘备的叔叔听到后说："这孩子虽然长得奇形怪状，但想得还挺美，可见他不是一般人。"28岁那年，刘备加入了平定黄巾起义的军队，从此一点点积累人脉、增强实力，最后割据一方，建立蜀汉，自立为帝。在发展壮大的过程

中，刘备身边聚集了一大批人才。这些人为什么愿意跟随刘备呢？因为刘备仁义。当曹操大军来攻时，刘备并没有撒腿就跑，而是带着城中的十万百姓一块儿跑，导致自己差点儿被曹操活捉。刘备手下有个谋士叫徐庶（shù），曹操把徐庶的母亲绑架了，威胁徐庶弃刘投曹，不然就撕票。徐庶只好离开刘备。临走时，刘备到城外相送，等徐庶走远了，刘备还不肯回城。他还命令士兵把路边的一小片树林砍掉，非说树林挡住了他的视线，看不见徐庶远去的背影了。

关羽

字：云长
兵器：青龙偃（yǎn）月刀
人物特点：义

关羽身高两米左右，胡子就将近半米长，脸的颜色比大红枣还红，眼角又细又长，眉毛前后有两段弯

闪亮登场

曲,眉尾上扬,像一只趴着的蚕。这就是"丹凤眼,卧蚕眉"。

关羽的老家有个恶霸欺负人,关羽上去就把人给杀了,然后四处逃亡。五六年后,遇到朝廷招募(mù)军队讨伐黄巾军,于是前去投军,这才和刘备、张飞相识。

关羽重义。关羽和刘备在屯土山失散,无奈之下,暂时投降了曹操。曹操非常欣赏关羽,想把他拉拢过来,于是送关羽战袍、美女、金银财宝。可是不管送什么,关羽都一脸的不高兴,说:"我要去找大哥。"后来,曹操把赤兔马送给了关羽,关羽高兴得下跪拜谢。曹操很惊讶,说:"我之前给你送东西,你都不高兴,这次只送了一匹马,你怎么这么激动?"关羽说:"我听说这马跑得快,有了它,我就可以骑着它去找我大哥了。"曹操听了差点儿没晕过去。后来,在赤壁之战中,曹操大败,逃到华容道,又遇到了关羽。曹操心想这下肯定玩儿完了。旁边的将军说:"您以前对关羽不错,关羽又是重义之人,您跟他求求情,说不定关二爷能放我们过去。"于是曹操上前求情,关羽还真将他放了。要知道,在出发之前,关羽曾立下军令状,如果没能杀掉曹操,甘愿被砍头。可见关羽重义胜于生命!

张飞

字：翼德
职业：杀猪的屠户
相貌：身高约1.84米，大眼睛，大胡子
人物特点：莽（mǎng）

张飞的"莽"主要体现在两个方面，一方面是形容他极其勇猛，另一方面是说他行事莽撞，暴躁易怒。

先说勇猛这方面。张飞打起仗来绝对有万夫不当之勇。话说曹操南征，刘备带着十万百姓一块儿逃跑，最后在当阳桥被曹军追上了。张飞一个人站在当阳桥头，大喊三声，居然把曹军大将夏侯杰吓死了。连曹操本人都被吓得两腿发软，赶紧下令撤退。

再说张飞莽撞。刘备三顾茅庐，请诸葛亮出山。第一次去，诸葛亮不在家，第二次仍不在家，第三次终于在家了，但诸葛亮正午睡呢，刘备就站在房前台阶下，恭恭敬敬地等着。虽然关羽心里有点不高兴，觉得

闪亮登场

诸葛亮将客人晾在门口,自己睡大觉,很不礼貌,但见大哥刘备那么恭敬,便也不好再说什么。只有张飞是个暴脾气,大声叫道:"我去屋后放一把火,看诸葛亮出不出来!"说着就往屋后走去。刘备和关羽赶紧拦住,说:"三弟冷静,别冲动,别冲动,真要一把火烧起来,咱也就别见诸葛亮了。"张飞这才停下。

诸葛亮

字:孔明
绰号:卧龙先生
相貌:身高约1.84米,皮肤白皙
道具:羽毛扇
人物特点:智

诸葛亮出生在山东,幼年时父亲就去世了,于是他就和叔叔生活在一起。后来叔叔也死了,诸葛亮就隐居在卧龙岗,自称卧龙先生。诸葛亮有雄才大略,常把自己比成管仲、乐(yuè)毅。管仲是春秋时齐国的国相,

在他的治理下，齐国得以称霸天下；乐毅是战国时燕国的大将，曾带领五国联军攻打齐国，连续攻破七十多座城池，几乎灭了齐国。诸葛亮以管仲、乐毅自比，可见是立志要成就一番大事的。

果然，当刘备三顾茅庐时，诸葛亮就将天下大势彻底地分析了一遍：北方怎么样，江南怎么样，你刘备应该怎么样，等等。刘备听得两眼放光，感觉自己这么多年都白活了，跪在地上"哐哐"给诸葛亮磕头。那个年代，既没有《新闻联播》，也没有微信、QQ，更没有侦察卫星，消息十分闭塞，诸葛亮隐居山中，居然对天下大势了如指掌，真是不一般。

诸葛亮出山后，充分发挥自己的聪明才智，策划并出演了舌战群儒、草船借箭、三气周瑜等一出出好戏，终于帮刘备建立了蜀汉。刘备死后，儿子刘禅继位。刘禅的智商属于跌破警戒线的那种，天天给诸葛叔叔拖后腿。然而为了完成刘备恢复汉室的遗愿，诸葛亮没有抱怨，他先后六次北伐中原，终于积劳成疾，因公殉（xùn）职。

闪亮登场

曹操

字：孟德
相貌：身高约 1.61 米，小眼睛，长胡子
职业：皇家保安队队长
人物特点：奸

《三国演义》中有"三绝"：关羽——义绝；诸葛亮——智绝；曹操——奸绝。关羽的义、诸葛亮的智我们都已经了解了，曹操的奸是什么意思呢？这个"奸"带有狡猾、多疑、狠毒的含义。

曹操小名叫阿瞒（mán），用现在的话说就是小骗子。少年时的曹操天天不好好学习，不是游玩、打猎，就是泡在酒馆里唱歌跳舞，还经常耍小聪明捉弄人。曹操的叔叔见他不务正业，就经常到曹操的爸爸曹嵩（sōng）跟前告状，每次告完状，曹嵩就训斥曹操一顿，这让曹操很不爽。有一次，曹操见叔叔远远地过来了，便突然倒地，口吐白沫，浑身抽搐，假装生病。

叔叔见状，马上去找曹嵩，说："快来看看吧，你家小骗子不行了，正躺地上抽风呢！"曹嵩急忙赶去，却看见曹操站在那儿，什么事儿都没有。曹嵩问："你不是抽风了吗？"曹操说："叔叔不喜欢我，他巴不得我出点什么事儿呢，所以才编瞎话骗您。"从那以后，曹嵩再也不相信曹操叔叔的话了，也不再管教曹操，曹操比以前更加肆（sì）意妄为了。

可就是这样一个小骗子、坏小子，却拥有平定天下的远大志向，他凭借自己的"奸"发展壮大，成为争夺天下的各路豪强中最为强大的一支力量。

剧透先锋

《三国演义》就是这么回事

一部《三国演义》有八十多万字，人物众多，情节复杂，绝对是中国古典小说的巅峰之作。然而，越伟大的事物有时候反而越简单。故事再复杂也是故事，既然是故事就有起因、经过和结果，所以我们来看看《三国演义》的发展脉络。

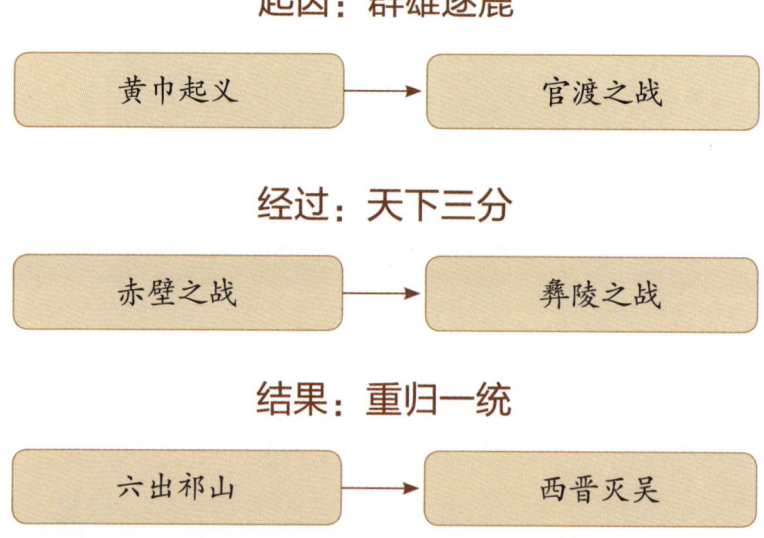

起因：群雄逐鹿

黄巾起义 → 官渡之战

经过：天下三分

赤壁之战 → 彝陵之战

结果：重归一统

六出祁山 → 西晋灭吴

故事的第一部分叫群雄逐鹿。中国历史上每一个朝代，到了快要灭亡的时候都会面临严峻的内忧外患。在朝廷内部，往往有一个大臣或者一群大臣拥有过大的权力，连皇帝也拿他们没办法，只好乖乖认怂，老老实实地给人家当宠物；在朝廷外部，要么是外族入侵，要么是百姓起义，反正就是让你交出皇位和江山，不然就干掉你。东汉末年，朝廷腐败，三个姓张的兄弟召集兵马起义，要推翻汉朝。因为张家三兄弟要求大家都要在脑袋上系一条黄色头巾，所以他们的军队就被称为"黄巾军"。朝中大臣请来镇守西北的大将董卓，希望他能派兵镇压黄巾军。没想到董卓生性残暴，野心很大，他一来就废了皇帝，又大肆屠杀百姓，独揽大权，使得朝廷内外乱成了一锅粥。在一片混乱中，皇家保安队队长曹操在老家招兵买马，拉起了一支队伍，要讨伐董卓；刘备、关羽、张飞、诸葛亮四人合体，决心要恢复汉室；江东地头蛇孙策趁机做大，割据一方。后来孙策被杀，弟弟孙权继承家业。三支队伍当中，曹操的力量发展最快。曹操在官渡打败了袁绍[①]，统一了北方。故事进入了"天下三分"的部分。

曹操统一了北方，于是率军南下，要灭掉孙权。诸葛亮知道，如果曹操灭掉孙权，那下一个目标肯定就是刘备，于是他极力促成孙刘联合，共同抗曹，来了回真刀真枪的"斗地主"。曹军和孙刘联军在赤壁大战一场，

[①] 袁绍：出身名门望族，从他曾祖父那辈开始直至袁绍，都在朝廷中担任高官。

剧透先锋

结果曹操八十万大军被诸葛亮一把火烧成了烤肉，曹操大败。

曹操前脚刚走，刘备就趁机夺取了曹操手里的战略要地——荆州，然后向西占领了四川，只留下关羽镇守荆州。魏、蜀、吴三足鼎立之势就此形成。

荆州紧挨着孙权的地盘，孙权觉得有关羽这样一个大高个、大红脸、武艺高强的大将站在自己家门口，心里总是有点不爽。于是他暗中联合曹操，趁关羽不在家时占领了荆州，又派兵截杀了关羽。

一听二弟死了，连刘备这样的老好人都不干了，亲自率领七十万大军征讨东吴。东吴见刘备将军营驻扎在山中树林间，于是放火烧山，刘备大败。这场战役就是彝陵之战。

彝陵之战之后，刘备病死，三国的故事也到了尾声。诸葛亮为了完成刘备恢复汉室的心愿，六次出兵攻打魏国，全都无功而返，自己也因为过度劳累牺牲在了工作岗位上。后来，魏国大臣司马懿（yì）篡（cuàn）夺大权，其子司马昭攻破四川，蜀汉灭亡。之后，司马昭的儿子司马炎夺得皇位，建立晋朝。经过十多年的准备，晋军又南下灭掉了东吴，三分天下终于重归一统。

一不小心当了鼻祖

主持人

观众朋友们大家好!欢迎来到今天的"超级访谈",让我们用热烈的掌声欢迎中国章回体小说鼻祖——罗贯中先生。

主持人好,大家好。

罗贯中

主持人

很荣幸能见到章回体小说的创始人,可是我有一点不明白,到底什么叫章回体小说啊?

早在宋代,民间就有了说书人,在饭店、茶馆里讲故事,像《三国之争》《玄奘取经》都是说书先生最爱讲的段子。但有些历史故事太长,就拿《三国之争》来说,从黄巾起义到三国归晋,就算一刻不停地讲,几天几夜也说不完。这时,就要把长长的故事分成好多回,每一回既是一个独立的小故事,又能承上启下。说书人一次讲一回,既思路清楚,又能吸引听众接着听下面的故事。后来,我把这种讲故事的方法运用到

罗贯中

超级访谈

罗贯中

小说里，所以《三国演义》中经常有"话说……""欲知后事如何，且听下回分解"这样的句子，是不是觉得很熟悉？在评书里常常听到吧？

主持人

我明白了！可《水浒传》也是章回体小说，作者施耐庵先生是您的老师，然而《水浒传》的出版要晚于您的《三国演义》，怎么徒弟比师父还快？

罗贯中

是这样的，施先生过世时，《水浒传》还没有最终定稿。先生是我的恩师，我非常怀念他，为纪念老师，我增补、润色了《水浒传》。

主持人

怪不得有人说《水浒传》是施先生和您共同撰（zhuàn）写的。《水浒传》讲的是农民起义的故事，《三国演义》讲的也是天下之势，您在小说中将谋略战术分析得头头是道，一看就是心怀壮志之人，而且您文笔又这么好，为什么没有参加科举考试，入仕为官呢？

说来遗憾。元朝末年,天下大乱,各路豪杰揭竿而起,反抗元朝。其中有个叫张士诚的人,占领了江苏、浙江一带,自立为王,我就在他的手下做谋士。后来,在争夺江山的决战中,张士诚输给了朱元璋,还被砍了头。朱元璋建立明朝,当了皇帝,对他来说,我们这些张士诚的部下都是他的死对头,他不将我们赶尽杀绝就不错了,我怎么还敢入仕为官呢?当然了,我也不甘心,我也想像诸葛亮一样,辅佐君王,称霸天下。但在现实生活中,我是没机会了,只好在家写小说,在故事里实现我的宏图大业。

罗贯中

主持人

原来是这样啊。可是话说回来,如果您当年走上仕途,也许就创作不出这么好的作品了。我还有最后一个问题,有人说《三国演义》是三分虚七分实,也就是说书中的情节有一小半是虚构的,与真实历史不相符,真的是这样吗?

怎么说呢,我创作的素材来自史书《三国志》和民间流传的故事。民间流传的故事一定有误传、想象和夸张的成分,不一定完全真实。而且,为

罗贯中

超级访谈

了让小说更加引人入胜,我也会修改一些人物和情节。比如,历史上头戴纶(guān)巾,手拿羽毛扇的帅哥不是诸葛亮,是东吴的水军司令周瑜。但是没办法,为了将孔明先生塑造成一个又帅又有才华的优质偶像,我只好把周瑜身上的好东西抢过来,放在诸葛亮身上了。还有张飞用柳条抽打督邮的事儿,其实也不是张飞干的。在真实的历史上,是刘备把督邮捆起来抽了一顿。没办法,在大家的心目中,刘备是个仁慈善良的大好人啊,怎么能打人呢?所以在小说中,我只好让莽撞的张飞来背黑锅了。张飞打人,读者觉得顺理成章嘛。正好,在这里我也要郑重地向张飞道歉,历史上真实的张飞不是大老粗,脾气也没那么暴躁,但为了让人物性格更加鲜明,我只好将他写成了一个莽夫,希望张将军的在天之灵不要怪罪我啊。

罗贯中

主持人

哈哈哈!原来如此啊!您放心,张将军肯定不会怪您的,如果没有您的《三国演义》,他也不会这么有名嘛。好了,今天的节目到这里就结束了,让我们期待罗贯中先生更多的作品,观众朋友们,我们下期再见!

特别推荐

　　《青梅煮酒论英雄》这段故事出自《三国演义》第二十一回。曹操挟持皇帝，号令天下，刘备与别人密谋，准备除掉曹操。为了不让曹操发觉，刘备干起了菜农的活，整天在菜园里浇水施肥，假装不关心天下大事。但刘备没想到，即便是这样也没能消除曹操对他的怀疑。

青梅煮酒论英雄

　　一日，关、张不在，玄德正在后园浇菜，许褚（chǔ）、张辽引数十人入园中曰："丞相有命，请使君便行。"玄德惊①问曰："有甚紧事？"许褚曰："不知。只教我来相请。"玄德只得②随二人入府见操。

　　操笑曰："在家做得好大事！"③唬得玄德面如土色。操执玄德手，直至后园，曰："玄德学圃不易！"玄德方

---

① 可不要小瞧这一个"惊"字。许褚和张辽都是曹操身边的大将，传话找人这样的事儿随便派个小兵来就行了，为什么会派两员大将和几十个人来请刘备呢？这就是想吓唬吓唬刘备。刘备是个懂规矩的人，一看来了这么多人，马上觉得可能要出事，所以他的第一个反应就是"惊"。
② 曹操派两员大将来请，刘备不知道被请去干什么，正好关羽、张飞这两个超级保镖又不在，刘备当时一定紧张极了。"只得"二字可以看出，刘备当时是硬着头皮去见曹操的。
③ 曹操真的很聪明，他怀疑刘备不老实，但又没有证据，就想设个圈套吓唬刘备。于是他让许褚、张辽两员大将去请刘备，见到刘备后又故意说"在家做得好大事"。在这种极度紧张的情况下，刘备很有可能说漏嘴。

特别推荐

才放心,答曰:"无事消遣(qiǎn)耳。"操曰:"适见枝头梅子青青,忽感去年征张绣时,道上缺水,将士皆渴;吾心生一计,以鞭虚指曰,'前面有梅林。'军士闻之,口皆生唾,由是不渴。今见此梅,不可不赏。又值煮酒正熟,故邀使君小亭一会。"玄德心神方定。随至小亭,已设樽俎(zūnzǔ)①:盘置青梅,一樽煮酒。二人对坐,开怀畅饮。

酒至半酣(hān),忽阴云漠漠,骤雨将至。从人遥指天外龙挂②,操与玄德凭栏观之。操曰:"使君知龙之变化否?"玄德曰:"未知其详。"操曰:"龙能大能小,能升能隐;大则兴云吐雾,小则隐介藏形;升则飞腾于宇宙之间,隐则潜伏于波涛之内。方今春深,龙乘时变化,犹人得志而纵横四海。龙之为物,可比世之英雄。玄德久历四方,必知当世英雄。请试指言之。"玄德曰:"备肉眼安识英雄?"操曰:"休得过谦。"玄德曰:"备叨恩庇(bì),得仕于朝。天下英雄,实有未知。"操曰:"既不识其面,亦闻其名。"玄德曰:"淮南袁术,兵粮足备,可为英雄?"操笑曰:"冢(zhǒng)中枯骨,吾早晚必擒之!"玄德曰:"河北袁绍,四世三公,门多故吏;今虎踞(jù)冀州之地,部下能事者极多,可为英雄?"操

---

① 樽俎:樽是酒杯,俎是放碗碟的托盘。
② 龙挂:指闪电。

笑曰:"袁绍色厉胆薄,好谋无断;干大事而惜身,见小利而忘命;非英雄也。"玄德曰:"有一人名称八俊,威镇九州,刘景升①可为英雄?"操曰:"刘表虚名无实,非英雄也。"玄德曰:"有一人血气方刚,江东领袖——孙伯符乃英雄也?"操曰:"孙策藉父之名,非英雄也。"玄德曰:"益州刘季玉,可为英雄乎?"操曰:"刘璋虽系宗室,乃守户之犬耳,何足为英雄!"玄德曰:"如张绣、张鲁、韩遂等辈皆何如?"操鼓掌大笑曰:"此等碌碌小人,何足挂齿!"玄德曰:"舍此之外,备实不知。"操曰:"夫英雄者,胸怀大志,腹有良谋,有包藏宇宙之机,吞吐天地之志者也。"玄德曰:"谁能当之?"操以手指玄德,后自指,曰:"今天下英雄,惟使君与操耳!"玄德闻言,吃了一惊,手中所执匙箸②,不觉落于地下。时正值天雨将至,雷声大作。玄德乃从容俯首拾箸曰:"一震之威,乃至于此。"操曰:"丈夫亦畏雷乎?"③玄德曰:"圣人迅雷风烈必变,安得不畏?"将闻

---

① 刘景升:刘表,字景升,和其他七位贤士并称八俊。
② 箸:筷子。
③ 此时曹操已经挑明,他将刘备看作争夺江山的对手,当然会尽快除掉他。所以这话对刘备来说就像晴天霹雳,今天怕是要有来无回了,可刘备毕竟也是英雄,并没有过分失态,但也吓得一哆嗦,掉筷子就证实了他的心虚,气氛紧张到了极点。无巧不成书,正好一个炸雷响起,刘备马上借口害怕打雷,掩饰了自己的真实想法,说明刘备反应速度和调整情绪的速度都非常快!曹操信以为真,心中非常不屑,认为男子汉连打雷都害怕,还能干成大事吗?于是他暂时打消了疑虑。

特别推荐

言失箸缘故,轻轻掩饰过了。操遂不疑玄德。

后人有诗赞曰:"勉从虎穴暂栖身,说破英雄惊煞人。巧借闻雷来掩饰,随机应变信如神。"

刘备是个有大志向的人，但此时的刘备实力尚弱，不能同各路豪杰争斗。这时，他就应该隐藏自己，如同曹操所说的隐藏的龙，不要暴露自己的志向，以免引起别人的注意。如果你过早地显露野心，别人很轻松就能灭掉你。所以，此时的刘备天天在家种菜，就是想让曹操觉得自己没什么本事，也没什么志向，好让自己有机会发展壮大。不过曹操的话确实将刘备吓了一跳，他居然和刘备聊起了英雄——刘备就怕曹操看出他是英雄。于是刘备就拿袁绍、孙策等人来做挡箭牌，拼命想糊弄过去。最后曹操指着刘备说，全天下只有咱俩是英雄的时候，真是把刘备吓坏了，还好老天爷帮忙，让刘备抓住了一个掩饰的机会。这个段落情节安排巧妙，对话精彩，值得细细品读。

扫二维码，听精彩讲解

欢乐谷

《水浒传》

梁山好汉一声吼,朝廷也要抖三抖

施耐庵(生卒年不详)

年　　代:元末明初

别　　名:《江湖豪客传》《水浒全传》《忠义水浒传》

作　　者:施耐庵

文　　体:长篇章回体白话英雄传奇小说

篇　　幅:一百二十回①

字　　数:九十六万字左右

荣　　誉:与《西游记》《红楼梦》《三国演义》并称四大名著,与《庄子》《离骚》《史记》《杜工部集》《西厢记》并称六才子书

---

①《水浒传》有不同的版本,有七十、一百、一百零四、一百一十五、一百二十回不等。

宋江

绰号：呼保义、及时雨
人物特点：忠义双全、仗义疏财
梁山座次：第一

宋江，字公明，面黑身矮，原为山东郓（yùn）城县押司①。因常替别人排忧解难，所以大家亲切地称他为"及时雨"。晁（cháo）盖、吴用等人劫了生辰纲②，被官府缉（jī）拿，幸得宋江事先告知才得以逃脱。不料此事被宋江的小妾阎（yán）婆惜发现，阎婆惜趁机要胁③，宋江怒杀阎婆惜，犯下人命官司，被刺配④九江。到了九江，宋江又被人陷害，关进大狱，判了死罪。在刑场上，晁盖一帮人将宋江劫走，护送到了梁山。晁盖死后，宋

---

① 押司：县衙的办事员。
② 生辰纲：编队运送的生日礼物叫生辰纲。当时朝中的奸臣蔡京过生日，有人准备了丰厚的礼品运往京城，要送给蔡京。
③ 要胁：同"要挟"。
④ 刺配：在犯人脸上刺字并且发配到偏远的地方。

江做了梁山的首领。他推行"只反贪官、不反皇帝"的招安路线,带领梁山好汉归顺了朝廷。征讨方腊后,宋江被奸臣用毒酒毒死。

林冲

绰号:豹子头
人物特点:善良忠厚
梁山座次:第六

　　林冲原是东京①八十万禁军枪棒教头②,长得豹头环眼,枪法精妙。当妻子被人调戏时,林冲怒火冲天,但

---

① 东京:不是日本的首都东京,是北宋的首都汴梁,现在的河南开封。北宋有四个首都,除了东京汴梁之外,还有西京河南府(今河南洛阳)、南京应天府(今河南商丘)、北京大名府(今河北大名)。
② 八十万禁军枪棒教头:禁军就是宋代的正规军,当时有八十多万人。枪棒教头就是教士兵们学习枪棒的教练。当然,这八十多万士兵并不是都归林冲教,教头有很多,每个教头分管的士兵很少。

闪亮登场

得知那人是高俅（qiú）①的干儿子时，林冲忍了。后来，林冲遭到高俅陷害，误入白虎节堂②，被刺配沧州。一路上，两个差人对林冲百般折磨，林冲又忍了。差人奉高俅的命令，准备在野猪林杀死林冲，幸好鲁智深出手相救。鲁智深要杀掉两个差人，林冲反而劝他不要杀。来到沧州，林冲奉命去看守草料场，高俅的心腹陆谦③又来暗算，准备放火烧死林冲。没想到事情败露，林冲杀了陆谦，投奔梁山。征讨方腊后，林冲中风，留在杭州六和寺养病，由武松照顾，半年后病故。

---

① 高俅：原本是个地痞无赖，东京花式蹴鞠的高手。端王赵佶也很喜欢蹴鞠，高俅就成了端王身边的红人。后来，赵佶当上了皇帝，就是宋徽宗，高俅也跟着沾光，一路青云直上，最后竟然官至太尉（掌管军队的最高领导）。
② 白虎节堂：古代军政大臣商量军事的地方，是军机重地，任何人不经允许都不能携带武器进入。
③ 陆谦：本是林冲的好朋友，后被高俅收买，前来暗算林冲。

鲁智深

绰号：花和尚
人物特点：豪爽直率，粗中有细
座次：第十三

鲁智深，原名鲁达，因为在渭州当提辖（xiá）①，所以也叫鲁提辖。他听说有个姓郑的屠（tú）户想要霸占别人家的女儿，就去教训这个郑屠，没想到三拳下去，竟然把人打死了。于是他逃到五台山，出家为僧，法号智深。然而鲁智深受不了寺庙里的清规戒律，大闹五台山，寺中长老只好介绍他去东京大相国寺。到了东京，鲁智深结识了林冲，二人结拜为兄弟。在野猪林救下林冲后，鲁智深在二龙山落草为寇，后来和武松等人同上梁山。招安之后，鲁智深随宋江四处征战，并且在讨伐方腊的战争中活捉方腊，立下大功。不过鲁智深已经看破尘世，全然不在乎功名利禄（lù），他在杭州六和寺正式出家，不久后圆寂。

---

① 提辖：宋代州县中统辖军队，训练教阅、督捕盗贼的官职。

闪亮登场

武松

绰号：行者
人物特点：疾恶如仇
座次：第十四

武松因在景阳冈（gāng）上醉打猛虎而名震天下，做了阳谷县步兵都头（相当于民兵小队的队长），同时遇到了自己分别多年的哥哥武大郎。武大郎娶了潘金莲，二人定居在此。后来当地富户西门庆和潘金莲合伙毒杀了武大郎。武松为兄报仇，杀死了两个凶手，然后去县衙（yá）自首，被刺配孟州。在孟州，恶霸蒋门神强占了别人的酒楼，还出手伤人。武松醉打蒋门神，帮别人抢回酒楼。蒋门神勾结官府，想要报复武松，被武松在鸳鸯（yuān·yāng）楼杀死。随后武松来到二龙山，不久后归附梁山。梁山被招安后，武松参与了平定辽国、田虎、王庆、方腊的全过程。在征讨方腊的战争中，武松被砍断一臂，之后在六和寺出家休养，活到了八十岁。

《水浒传》就是这么回事儿

《水浒传》是描写人物最多的小说之一,但不是每个人物都是主角,一百零八位好汉也不用齐刷刷地站成一排点名报数。我们看完书也记不住大部分角色的名字,但下面四位必须记住,他们是绝对的主角。

| 林冲 | 鲁智深 | 宋江 | 武松 |

整本书共有一百二十回,多条线索交错推进剧情发展,我们也快刀斩乱麻,将故事脉络切成四块。

英雄出场 → 好汉上山 → 接受招安 → 南征北战

第一部分"英雄出场"主要讲的是林冲和鲁智深的故事。林冲是遭人陷害,鲁智深是替别人打抱不平,二人都犯下了人命官司,不得不落草为寇(kòu),最后都上了梁山。

第二部分"好汉上山"主要说宋江、武松和其他众

多人物上山的经过。宋江被晁盖救上梁山。武松杀了西门庆、蒋门神等人，被官府追捕，也上了梁山。至此，我们能记住名字的梁山好汉大部分都已经上山入伙了。人差不多到齐了，梁山好汉便整顿军马，开始攻打周边的州县。北京城、大名府、曾头市①，没有他们不敢打的地方。在扩张过程中，不断有英雄好汉上山入伙，终于凑齐了一百零八人。众英雄排定座次，竖起一面"替天行道"的大旗，对抗朝廷。

从第三部分"接受招安"开始，宋江就变得窝囊（wō·nang）起来了。宋江是个忠义两全的人，他不仅要照顾兄弟义气，还想着不能对朝廷不忠。他觉得这帮兄弟现在还年轻，但总不能一辈子当土匪吧？如果能够归顺朝廷，弟兄们都能谋得一官半职，也算是对大家有个交代。果然，梁山的动静太大了，朝廷派兵前来镇压。宋江是边谈边打、边打边谈，终于和朝廷达成协议，接受了招安，并带领兄弟们征讨外敌，平定各处的叛乱。

第四部分"南征北战"主要有四个敌人：1+3。"1"指的是北方的外敌——辽国，"3"指的是国内的三处叛乱，分别是田虎、王庆、方腊。宋江先奉命征辽，获胜

---

① 曾头市：在郓城县，是宋江的老家。

而归，紧接着征讨田虎、王庆也没费太大力气。不过方腊可不是省油的灯，双方拼杀到最后，虽然以梁山好汉的胜利而结束，但当年的英雄们死的死，伤的伤，剩下的还不到三分之一，也都各自散去了。宋江回到朝廷，又遭奸臣陷害，喝了毒酒而死。一场声势浩大的起义就这样以失败告终。

其实我是练家子

主持人:观众朋友们大家好!欢迎收看今天的"超级访谈",今天我们请到的嘉宾是《水浒传》的作者——施耐庵先生!

施耐庵:幸会幸会!

主持人:久仰久仰,施作家快坐。写完近百万字的长篇小说,要花好几年工夫吧?一直以来您都是自由撰稿人吗?

施耐庵:说来话长啊。我十三岁进私塾(shú)学习,十九岁中秀才,二十九岁中举人,三十六岁中进士,所以我的学习成绩还是不错的。中进士之后我曾在钱塘做官,可是领导上司一个个蛮横(mánhèng)专断,实在让人厌烦,我便辞官回家,一边教书,一边写《江湖豪客传》,也就是后来的《水浒传》。

主持人

哇，原来您是进士出身呀！我看您体格壮实，又在书中写了那么多兵器、武功，还以为您是练家子呢。

施耐庵

贤弟好眼光，我虽然是个读书人，却也会些拳脚功夫，平时最看不惯泼皮恶霸欺负百姓。有一次，我看见一个恶少在街尾调戏良家妇女，便狠狠地教训了那小子，打得他连连磕（kē）头求饶。谁知第二天，那家伙纠集了七八个无赖前来报复，我便找来一根粗绳，让他们用绳子拴住我的双腿用力拉。哈哈，他们一个个累得脸红脖子粗，也没拉动我半分。我又取出铁棒，一记"乌龙摆尾"，便将身旁的一棵大杨树"咔嚓"一声打断。无赖们见我有如此功力，便叩（kòu）头认输了。后来，在写《水浒传》时，我将这段经历改了改，变成了鲁智深在大相国寺制服泼皮无赖的情节。

主持人

哦！怪不得大家都说您就是鲁智深的原型，看来确有根据呀。那另外一百零七个好汉的原型是谁呢？不会是您的一百零七个朋友吧？

超级访谈

这回猜错了，这一百零八个好汉可不是我凭空想出来的。《水浒传》这个故事要从北宋末年宋江起义说起，民间一开始流传着宋江等三十六个英雄的故事；后来有人将这些故事编成书，叫《大宋宣和遗事》；再后来流行起了元杂剧，这时《水浒》中已经有一百零八将了。我只是将这些故事整理了一下，把没意思的情节删掉，再用我自己的话加工一遍，就写成了大家现在看到的《水浒传》。

施耐庵

主持人

听说您和刘伯温①关系不错？

没错，我和老刘是同年考中进士的。这家伙总是在皇帝面前说我厉害，搞得皇帝天天请我去做官。我这人清静惯了，又想把《水浒传》写好，所以不想去当官，便跟皇帝说我生病了，不能当官。现在想起来怪不好意思的。

施耐庵

---

① 刘伯温：刘基，字伯温，明朝的开国元勋。他辅佐朱元璋完成帝业、开创明朝并维持国家的安定，因而驰名天下。后人经常将刘伯温比作诸葛亮。

主持人

您可真是淡泊名利!不当官也好,当了官太忙,说不定就写不出这么好的《水浒传》呢。好了,谢谢施先生,今天的节目就先到这里,我们下次再见!

特别推荐

《鲁提辖拳打镇关西》选自一百二十回本《水浒传》的第二回。鲁达疾恶如仇,平生最恨别人欺负弱小。他听说杀猪的郑屠户骗了一个名叫金翠莲的姑娘,害得这姑娘和父亲二人在酒楼中卖唱挣钱,有家不能回。他便来到郑屠的肉铺,想教训教训郑屠。没想到三拳下去,竟然把郑屠打死了。

鲁提辖拳打镇关西

且说郑屠开着两间门面,两副肉案,悬挂着三五片猪肉。郑屠正在门前柜身内坐定,看那十来个刀手卖肉。鲁达走到门前,叫声"郑屠!"郑屠看时,见是鲁提辖,慌忙出柜身来唱喏道:"提辖恕(shù)罪!"便叫副手掇(duō)条凳子来:"提辖请坐。"①鲁达坐下道:"奉着经略相公②钧(jūn)旨:要十斤精肉,切作臊(sào)子,不要见半点肥的在上头。"郑屠道:"使得,你们快选好的切十斤去。"鲁提辖道:"不要那等腌臜(ā·za)厮们动手,你自与我切。"郑屠道:"说得是,小人自切便

---

① "慌忙""唱喏""恕罪""请坐",这四个词明显体现出郑屠对鲁达的尊敬。为什么尊敬鲁达?因为鲁达是提辖,是官。郑屠敢欺负平民百姓,但对提辖却这么恭敬,足见他欺软怕硬。

② 经略相公:指经略使,是驻守边防、掌管当地军政的官员。

了。"自去肉案上拣了十斤精肉,细细切做臊子。

那店小二把手帕包了头,正来找郑屠报说金老之事,却见鲁提辖坐在肉案门边,不敢扰来,只得远远地立住,在房檐(yán)下望。

这郑屠整整地自切了半个时辰,用荷叶包了道:"提辖,教人送去?"鲁达道:"送甚么!且住,再要十斤都是肥的,不要见些精的在上面,也要切做臊子。"郑屠道:"却才精的,怕府里要裹馄饨,肥的臊子何用?"鲁达睁着眼道:"相公钧旨分付洒家,谁敢问他?"郑屠道:"是合用的东西,小人切便了。"又选了十斤实膘的肥肉,也细细的切做臊子,把荷叶来包了。整弄了一早辰,却得饭罢时候。

那店小二那里敢过来,连那正要买肉的主顾也不敢扰来。①

郑屠道:"着人与提辖拿了,送将府里去?"鲁达道:"再要十斤寸金软骨,也要细细地剁做臊子,不要见些肉在上面。"②郑屠笑道:"却不是特地来消遣(qiǎn)我?"鲁达听得,跳起身来,拿着那两包臊子在手,睁

---

① 鲁达身上杀气太重,没人敢近身。施耐庵这是侧面描写,渲染当时紧张的气氛,让读者对接下来的情节更加期待。
② 很显然,鲁达根本不是来买肉的,他让郑屠切了瘦的切肥的,切了肥的切骨头,主要是想激怒郑屠,同时也消耗郑屠的体力。估计这时郑屠的两条胳膊已经酸软无力了。

着眼,看着郑屠道:"洒家特地要消遣你!"把两包臊子劈面打将去,却似下了一阵的"肉雨"。郑屠大怒,两条忿(fèn)气从脚底下直冲到顶门,心头那一把无明业火①,焰腾腾的按纳不住,从肉案上抢②了一把剔骨尖刀,托地跳将下来。

鲁提辖早拔步③在当街上。众邻居并十来个火家,那个敢向前来劝。两边过路的人都立住了脚,和那店小二也惊得呆了。

郑屠右手拿刀,左手便要来揪鲁达;被这鲁提辖就势按住左手,赶将入去,望小腹上只一脚,腾地踢倒在当街上。鲁达再入一步,踏住胸脯,提起那醋钵(bō)儿大小拳头,看着这郑屠道:"洒家始投老种经略相公④,做到关西五路廉访使⑤,也不枉了叫做'镇关西'!你是个卖肉的操刀屠户,狗一般的人,也叫做'镇关西'!⑥你如何强骗了金翠莲?"扑的只一拳,正打在鼻

---

① 业火:怒火。
② "抢"了一把尖刀,却不说"拿",体现出郑屠的愤怒与急躁。看来鲁达的激将法很管用。
③ 为什么说"拔步"而不说"迈步"?拔步更能体现鲁智深身形魁梧、孔武有力。
④ 老种经略相公:指种谔,北宋抗击西夏的名将。
⑤ 廉访使:主管监察官员的官职。
⑥ 在古代,宰杀牲口卖肉是一个地位低贱的职业,被人们瞧不起,所以鲁达辱骂郑屠是"狗一般的人"。而"镇关西"这个外号听上去显然是个大侠一般的人物,却被用在一个屠户身上,鲁达认为他根本不配。

子上,打得鲜血迸流,鼻子歪在半边,却便似开了个油酱(jiàng)铺,咸的、酸的、辣的一发都滚出来。郑屠挣不起来,那把尖刀也丢在一边,口里只叫:"打得好!"鲁达骂道:"直娘贼!还敢应口!"提起拳头来就眼眶际眉梢只一拳,打得眼棱(léng)缝裂,乌珠迸(bèng)出,也似开了个彩帛(bó)铺,红的、黑的、紫的都绽将出来。

两边看的人惧怕鲁提辖,谁敢向前来劝?

特别推荐

郑屠当不过讨饶。鲁达喝道:"咄!你是个破落户!若只和俺硬到底,洒家倒饶了你!你如今对俺讨饶,洒家偏不饶你!"又只一拳,太阳上正着,却似做了一个全堂水陆的道场,磬(qìng)儿、钹(bó)儿、铙(náo)儿一齐响。① 鲁达看时,只见郑屠挺在地上,口里只有出的气,没了入的气,动掸不得。

鲁提辖假意道:"你这厮诈(zhà)死,洒家再打!"只见面皮渐渐的变了,鲁达寻思道:"俺只指望痛打这厮一顿,不想三拳真个打死了他。洒家须吃官司,又没人送饭,不如及早撒开。"拔步便走,回头指着郑屠尸道:"你诈死,洒家和你慢慢理会!"② 一头骂,一头大踏步去了。

街坊邻居并郑屠的火家,谁敢向前来拦他。

鲁提辖回到下处,急急卷了些衣服盘缠,细软银两,但是旧衣粗重都弃了;提了一条齐眉短棒,奔出南门,一道烟走了。

鲁达是《水浒传》中第一个大打出手的英雄好汉。他为什么要打郑屠?因为郑屠"强骗了金翠莲",他打郑

---

① 水陆道场是佛教里的法会,法会上要奏乐,各种乐器都有。磬、钹、铙都是乐器。
② 郑屠已经死了,鲁智深却说他是诈死,就是为了将围观群众说糊涂,不让他们去报官。可见鲁达粗中有细,反应快。

特别推荐

屠是在伸张正义！再看他是怎么打的。鲁达不是劈头盖脸乱打，他是一拳打在一个部位，很有节奏。从郑屠被打的不同部位所产生的不同感觉写出了三拳的效果：第一拳打鼻子，从嗅觉写，咸的酸的辣的都有，难受极了；第二拳打眼睛，从视觉写，红的黑的紫的，让人头晕目眩；第三拳打太阳穴，就在耳朵边，从听觉写，像磬、钹、铙同时响，乱嗡嗡的，让人昏厥过去。这一连串比喻让鲁达三拳各尽其妙，绝不雷同。

扫二维码，听精彩故事

《西游记》

打怪、升级、通关

吴承恩（约 1500 年—约 1582 年）

年　代：明代

别　名：《西游释厄传》

作　者：吴承恩

文　体：长篇章回体古白话神魔小说

篇　幅：一百回

字　数：约八十万字

荣　誉：与《水浒传》《红楼梦》《三国演义》并称四大名著

闪亮登场

唐僧

别名：唐三藏、唐玄奘（zàng）
武器装备：锦襕（lán）袈裟、九环锡（xī）杖、紫金钵盂
法术：紧箍（gū）咒
人物特点：善良仁慈，信念坚定
前身：金蝉子
取经后封号：旃檀（zhāntán）功德佛

唐僧不姓唐，姓陈，是如来佛祖的二弟子金蝉长老转世。他自幼出家，法号玄奘，被唐太宗选中，去西天取经。取经路上，他先后收了孙悟空、猪八戒、沙和尚为徒。坚定执着的唐僧是取经路上的领导者，一路上他受的苦难和诱惑最多，但他始终不忘初心。唐僧刚一踏上取经之路，江湖上就开始盛传：唐僧肉有益寿延年的功效，吃一口就能长生不老。再加上唐僧长得一表人才，结果一路上的男妖怪都想吃唐僧肉，女妖怪都想嫁给唐僧。在这样艰难的考验之下，唐僧从未动摇过取经的信念。然而，唐僧也经常不辨善恶是非，一味地讲慈悲，

结果总是上当受骗，甚至还有几次赶走了为他保驾护航的孙悟空。可见，他同时也是个软弱、迂腐的糊涂蛋。

孙悟空

别名：美猴王、齐天大圣、孙行者
武器装备：如意金箍棒
法术：七十二般变化、筋斗云等
人物特点：勇敢叛逆、疾恶如仇
前身：花果山灵石
取经后封号：斗战胜佛

孙悟空本是花果山上的一只石猴，向菩提老祖学得七十二变和筋斗云，又在龙宫抢了定海神针——如意金箍棒。他大闹地府和天宫，破坏蟠（pán）桃会、偷吃太上老君的仙丹，十万天兵天将都捉拿不住他，最后被如来佛祖压在五行山下。五百年后，孙悟空被唐僧救出，从此跟着唐僧去西天取经。一路上，孙悟空斩妖除魔，对唐僧忠心耿耿，最终到达西天，修成正果。孙悟空身上的正义勇敢和强烈的反叛精神是他最受人喜爱的地方。

闪亮登场

猪八戒

别名：猪悟能、猪刚鬣（liè）
武器装备：九齿钉耙（pá）
法术：三十六般变化
人物特点：憨厚单纯，好吃懒做，爱占小便宜
前身：天蓬元帅
取经后封号：净坛使者

　　猪八戒本是天宫的天蓬元帅，因为调戏嫦娥才被贬到人间。在取经路上，猪八戒还是本性不改，一看见漂亮姐姐就流着口水迈不开步。可见这"色"他就没戒掉。猪八戒还贪吃，走几步路就喊饿，经常把沙僧的那份食物也抢过来吃掉。八戒也贪财，取经路上千难万险，他居然能在耳朵眼儿和肚脐眼儿里藏私房钱，还总嚷嚷着要分行李。不过猪八戒也有可爱逗人的一面，是大家的开心果。比如，他有事求孙悟空时，便一口一个"猴哥""齐天大圣"，喊得比谁都亲。但当孙悟空不在时，他就改口说："那个该死的弼（bì）马温！"当然猪八戒

也是孙悟空的好帮手,在借芭蕉扇、打黄风怪等事件中,他都立了大功。

沙僧

别名:沙悟净、沙和尚
武器装备:降妖宝杖
法术:十八般变化
人物特点:勤劳稳重,任劳任怨,默默奉献
前身:卷帘大将
取经后封号:金身罗汉

  沙僧是取经小队中最老实、最内向的一个,有人开玩笑说,沙和尚一共只有三句台词:"大师兄,师父被妖怪抓走了。""二师兄,师父被妖怪抓走了。""大师兄,师父和二师兄都被妖怪抓走了。"事实上,沙僧虽然平时默默无闻,但每次到了关键时刻,他都能稳定局面。有时唐僧赶走孙悟空,八戒又在一旁说风凉话,最后都是他诚恳地去请悟空回来。平和、冷静、有耐心,每天任劳任怨扛着行李的沙僧,是取经团队中不可或缺的人物。

《西游记》就是这么回事儿

《西游记》就是唐僧师徒四人一路打怪升级直到通关的故事。整本书的脉络可以分成四块。

大闹天宫 → 取经缘由 → 打怪升级 → 灵山通关

先来看第一部分：大闹天宫。

遥远的东胜神洲傲来国有一座花果山，山顶上耸立着一块灵石。这块仙石不断吸取日月精华，忽然有一天，石中迸出一只活蹦乱跳的小猴子。石猴异常勇猛，被群猴推选为花果山大王。

后来，石猴为了能够长生不老，到西牛贺洲拜菩提老祖为师，得名孙悟空，还学会了七十二般变化和筋斗云。

孙悟空回到花果山后自封"美猴王"，他到东海龙宫强行借走了龙王的宝贝——如意金箍棒，又去阴曹地府，将所有猴子猴孙的名字都从生死簿（bù）上勾掉。玉帝得知后大怒，想要派天兵天将捉拿孙悟空。太白金星提议将孙悟空召入天庭，让他做弼马温。一开始，孙悟空不知官职大小欣然上任，后来知道了实情，气得打出天门，返回花果山，自称"齐天大圣"。

太白金星只好再次腆（tiǎn）着脸①来到花果山，请孙悟空上天做齐天大圣，管理蟠桃园。顽劣的悟空偷吃了蟠桃，又大闹蟠桃宴，还把太上老君的金丹吃了个精光。玉帝派天兵将孙悟空捉回天宫，可悟空吃过金丹，任凭刀砍斧剁、火烧雷击，都不能伤他一根毫毛。玉帝实在没办法了，就请来佛祖如来，把孙悟空压在五行山下。

至此，《西游记》算是热热闹闹地开了个头，取经人这才出现。来看第二部分：取经缘由。

海州有个优秀青年，姓陈名萼（è），字光蕊，考中了状元，又和宰相的女儿殷温娇结了婚，准备去江州当官。在赴任途中，强盗杀了陈萼，霸占了殷温娇。当时，殷温娇已经怀孕，于是她忍辱负重，将孩子生下。她害怕强盗杀死孩子，于是咬掉了孩子左脚的小脚趾作为记号，然后将孩子放在一块木板上，顺江漂流。金山寺的和尚发现了孩子，将孩子收养在寺中，起了个小名叫江流儿，法号玄奘。十多年过去了，江流儿长大成人，找到了亲生母亲和宰相外公，替父亲报了仇。后来观音菩

---

① 腆着脸：厚着脸皮。

剧透先锋

萨显灵,说西天大雷音寺有大乘佛经,并点化玄奘前去取经。唐太宗也信奉佛教,于是认玄奘为御(yù)弟,赐号三藏,派他前往西天拜佛求经。玄奘出发后,分别在五行山、高老庄、流沙河收了孙悟空、猪悟能、沙悟净三人为徒,还在鹰愁涧(jiàn)收了白龙马当坐骑。

组团完成,真正的"西游"终于开始了——打怪升级。

取经路上,麻烦事儿一件接着一件,大概能分为这么几类:妖怪要吃唐僧肉的,这一类最多,比如白骨精、红孩儿、金角大王和银角大王;要嫁给唐僧当老婆的,比如女儿国国王;师徒四人自己闯了祸的,比如五庄观偷吃人参果;还有就是黑熊怪这种没什么出息的,看上了唐僧的袈裟,想占为己有。这些事情全被师徒四人一一化解,当然也少不了各路神仙出手相助。总而言之,三个保镖(biāo)总算是把唐僧这个"贵重物品"安全送到了西天灵山。

第四部分:灵山通关。

到了灵山圣地,师徒四人拜见佛祖,却因没给阿难、迦(jiā)叶两位尊者送礼,只取得无字经,后来拿出唐太宗所赠的紫金钵当作人情,才求得真经。可没想到,九九八十一难还缺一难未满,在通天河师徒四人

又被老鼋（yuán）①掀翻在河中，打湿了经卷，至今《佛本行经》不全。唐三藏师徒将佛经送回长安，师徒四人也终成正果：唐僧被封为旃檀功德佛，悟空被封为斗战胜佛，八戒受封净坛使者，沙僧受封金身罗汉，白龙马被加升为八部天龙，各归本位，共享极乐。

---

① 鼋：大鳖。

超级访谈

《西游记》没那么简单

主持人

观众朋友们大家好!欢迎收看"超级访谈",今天我们请到的嘉宾是《西游记》的作者——吴承恩先生!

主持人好,大家好。

吴承恩

主持人

总算把您给盼来了,我可是您的铁杆粉丝,一到暑假我就看《西游记》的电视剧!我最喜欢里面的孙悟空,他可太神了,无论妖怪怎么变化都逃不过他的火眼金睛。可唐僧有时候黑白颠倒,总冤枉孙悟空。就说三打白骨精那回吧,明明是妖精,唐三藏偏偏不信,还嘀嘀咕咕地念"紧箍咒",将悟空的脑袋勒得跟葫芦似的,真是气死我了!

哈哈,你可别把自己气坏了,小说里的人物都是经过艺术处理的,唐僧的原型玄奘法师可不是这样的。

吴承恩

主持人

真有去西天取经的高僧呀？那他是什么样的人？也带了猴子和猪一起去吗？最后他成功了没有？

吴承恩

你这还真是超级访谈啊，不要着急，听我细细道来。唐朝时有个叫陈祎（yī）的孩子，从小被家人送到庙里当和尚，法名玄奘。几年之后，极具慧根的玄奘已经将各种经书读得滚瓜烂熟，可是他发现不同的高僧对经文都有自己的见解，大家争论不休，也没有讨论出一个标准答案，玄奘便有了出国留学的想法，他想到佛教的发源地天竺（zhú）^①去学习佛法。贞观二年，二十九岁的玄奘悄悄从长安出发，翻越雪山、穿过沙漠，跋涉五万多里，一路上根本没有脾气火爆的猴子保护，也没有逗趣的猪妖解闷，陪伴玄奘的只有草鞋和手杖。忍受了两年孤独艰苦的日子后，玄奘终于到达天竺，在著名的那烂陀（tuó）寺刻苦参研佛法，数年间精通了经藏、律藏、论藏^②，

---

① 天竺：我国古代称印度为天竺。
② 经藏、律藏、论藏：三种佛教经典，记载教义、教规等。

超级访谈

因此被尊称为"三藏法师"。贞观十七年，玄奘带着657部佛经踏上回乡之路。两年后，玄奘到达长安。他经受住了功名利禄的诱惑，在庙里一心一意翻译佛经，并把自己在天竺的所见所闻口述出来，由弟子辩机写成《大唐西域记》，这就是《西游记》的雏（chú）形。我写西游记时，将唐僧写得懦弱、不辨是非，是为了讽刺只爱听好话的糊涂领导，无意中却影响了玄奘师父的光辉形象，我要向他郑重道歉。

吴承恩

主持人

哦！我懂了，您写的那些受贿（huì）的菩萨，也是为了讽刺贪官污吏对不对？您这么痛恨黑暗的官场，是不是心中有阴影啊？

说来话长啊！我爹给我取名承恩，字汝忠，就是希望我"上承皇恩，下泽百姓"，汝忠的意思也是"你要忠心"，都是希望我能做个好官、报效朝廷。所以我从小就刻苦读书，生怕辜（gū）负我爹的期望。说句不害臊的话，我是十里八村出了名的才子，大家都认为我考进士应该就像捡起地上的稻草一样容易。没想到，我人到中年才仅仅

吴承恩

考了个贡生①，只得卖文为生，熬到胡子都白了，才做了一个芝麻小官——长兴县丞（chéng）。我看不惯官场的贪污腐败、钩心斗角，可又无能为力，于是辞官回家，写小说表达心中的不满。

吴承恩

主持人

那您为啥不直接写一部官场小说？用妖魔鬼怪来讽刺贪官污吏，这方法太隐晦了，我这么聪明的人，都差点儿没看出来。

如果写得太直白，被朝廷发现了怎么办？到时候，我人头不保不要紧，全家老小都要受连累。

吴承恩

主持人

说得也是，我还是太年轻，考虑不周啊。吴承恩先生友情提示：写书有风险，创作需谨慎！感谢吴先生做客今天的"超级访谈"，观众朋友们，咱们下期再见！

---

① 贡生：挑选府、州、县秀才中成绩或资格优异者，升入京师的国子监读书，称为贡生。意谓以人才贡献给皇帝。

特别推荐

师徒四人行至五庄观歇脚。五庄观主人镇元仙子要出去听道士讲法，临走时掐指一算，知道老朋友唐僧要来，便嘱咐两个小道童用人参果①来招待唐僧。唐三藏见人参果长得像小孩子一样，说什么都不肯吃。馋嘴的八戒偷听到了师父和道童的对话，口水直流，于是鼓动悟空偷人参果吃，但很快这件事就被道童们发现了。

孙悟空大闹五庄观

却说他兄弟三众，到了殿上，对师父道："饭将熟了，叫我们怎的？"三藏道："徒弟，不是问饭。他这观里，有什么人参果，似孩子一般的东西，你们是那②一个偷他的吃了？"八戒道："我老实，不晓得，不曾见。"③清风道："笑的就是他，笑的就是他！"行者喝道："我老孙生的是这个笑容儿，莫成为你不见了什么果子，就不容我笑？"三藏道："徒弟息怒，我们是出家人，休打

---

① 人参果：传说人参果三千年一开花，三千年一结果，再三千年才得熟，一万年才结三十个果子；果子的模样就像小孩一样，有手有脚；闻一闻这果子，就能活三百六十岁；吃一个，就能活四万七千年。
② 那：通"哪"。
③ 如果真是不知道、没见过，那直接说不知道、没见过就好了，何必加上一句"我老实"呢？可见猪八戒知道自己平时滑头，怕师父不信，才故意这么说的，反而让人觉得此地无银三百两了。

诳语，莫吃昧（mèi）心食，果然吃了他的，陪①他个礼罢，何苦这般抵赖？"行者见师父说得有理，他就实说道："师父，不干我事，是八戒隔壁听见那两个道童吃什么人参果，他想一个儿尝新，着老孙去打了三个，我兄弟各人吃了一个。如今吃也吃了，待要怎么？"明月道："偷了我四个，这和尚还说不是贼哩！"八戒道："阿弥陀佛！既是偷了四个，怎么只拿出三个来分，预先就打起一个偏手？"那呆子倒转胡嚷。二仙童问得是实，越加毁骂。就恨得个大圣钢牙咬响，火眼睁圆，把条金箍棒攒（zǎn）②了又攒，忍了又忍道："这童子这样可恶，只说当面打人也罢，受他些气儿，等我送他一个绝后计，教他大家都吃不成！"好行者，把脑后的毫毛拔了一根，吹口仙气，叫："变！"变做个假行者，跟定唐僧，陪着悟能、悟净，忍受着道童嚷骂。他的真身出一个神，纵云头跳将起去，径到人参园里，掣（chè）金箍棒往树上乒乓一下，又使个推山移岭的神力，把树一推推倒。可怜叶落桠（yā）开根出土，道人断绝草还丹！那大圣推倒树，却在枝儿上寻果子，那里得有半个？原来这宝贝遇金而落，他的棒刃头却是金裹之物，况铁又是五金之

---

① 陪：通"赔"。
② 攒：抓、握。

特别推荐

类,所以敲着就振①下来,既下来,又遇土而入,因此上边再没一个果子。他道:"好,好,好!大家散火②!"他收了铁棒,径往前来,把毫毛一抖,收上身来。那些人肉眼凡胎,看不明白。

这段选文主要表现了孙悟空和猪八戒不同的性格特点。猪八戒说自己没见过人参果,还故意多加一句"我

① 振:通"震"。
② 火:通"伙"。

老实",真是让人觉得连撒谎都不会。而当他听道童说一共少了四个果子时,立刻就急了,认为孙悟空多吃了一个,自己吃了亏,于是马上开始埋怨孙悟空,真是又滑头又自私。孙悟空胸怀坦荡,吃了就是吃了,我也不跟你狡辩,你说怎么办吧。你辱骂我,我也可以忍。但是你没完没了、变本加厉,那可不行,我就要让你知道知道大圣的厉害。所以孙悟空性格刚强,可又不是那种急躁易怒的"没头脑",不愧是取经路上的第一大功臣。

扫二维码,听精彩讲解

欢乐谷

《牡丹亭》

死了都要爱

汤显祖（1550年—1616年）

年　　代：明代

别　　名：《牡丹亭还魂记》《还魂记》《牡丹亭梦》

作　　者：汤显祖

体　　裁：明传奇

篇　　幅：五十五出

地　　位：中国四大古典戏剧[①]之一

[①] 中国四大古典戏剧是《牡丹亭还魂记》《崔莺莺待月西厢记》《感天动地窦娥冤》《长生殿》。一说是《牡丹亭还魂记》《崔莺莺待月西厢记》《桃花扇》《长生殿》。

闪亮登场

杜丽娘

性格特点: 美丽痴情、敢于反抗

杜丽娘是杜宝的女儿,是个美丽聪明的女子。杜宝为她请了一个老师,名叫陈最良,让陈最良教导杜丽娘学习儒家的经书,希望她能知书达理,听父母的话,出嫁以后不要丢家里的脸。

可是,杜丽娘并不是一个只知道听父母话的女子,她很自主,也很痴情。在梦里见到柳梦梅之后,她对柳梦梅一见钟情,希望能与他结成夫妻。但是这场美梦没持续多久就醒了,杜丽娘一心想着柳梦梅,吃不下饭,睡不好觉,最终生了一场大病,去世了。

后来,杜丽娘复活,与梦中情人柳梦梅在一起了。杜宝知道了这件事,认为杜丽娘是妖怪,就禀告给了皇帝。皇帝责问杜丽娘,认为她与柳梦梅的婚姻是自己找的,没有经过父母的同意,是不正当的。在当时的环境下,女子结婚大多是由父母决定的,很多人在结婚前都没有见过自己的丈夫。因此,杜丽娘自己做主与柳梦梅结成夫妻,确实是一个很大胆的决定,可见她是一个敢于反抗封建礼制、敢于追求自己幸福的奇女子。

在见到皇帝以后,杜宝还威胁杜丽娘,说如果她不愿意离开柳梦梅,就再也不把她当成自己的女儿。可杜丽娘十分坚决,不管杜宝怎么说,就是不同意与柳梦梅分开。最终,皇帝被杜丽娘和柳梦梅的爱情感动,下旨赏赐了他们,还给柳梦梅升了官,杜宝这才答应杜丽娘和柳梦梅结婚。

柳梦梅

性格特点: 忠于爱情、聪明勤奋

柳梦梅是《牡丹亭》的男主人公,是一个忠于爱情、聪明勤奋的穷书生。

柳梦梅非常痴情,自从他在梦里见到满树梅花下站着的一位美丽女子后,他就对这位女子一见钟情,茶不思饭不想,甚至还为这女子改了名字。等到他看到杜丽娘

闪亮登场

的画像，发现这位女子就是杜丽娘后，更是对杜丽娘十分痴情。杜丽娘的鬼魂去找他，想让他复活自己。普通人看到鬼估计吓得拔腿就跑，可柳梦梅却一点也不害怕，不仅复活了杜丽娘，还坚持要娶她做妻子，哪怕遭到了杜宝的坚决反对、皇帝的严令责问，也一点都不退缩，真是极为痴情。

在忠于爱情的同时，柳梦梅还是一个很聪明的大才子。他的父母很早就去世了，只给他留下了一个仆人，靠着种树为生。就在这样贫困的生活中，柳梦梅还是坚持读书。最终，皇天不负有心人，柳梅梦考中了状元，见到了皇帝，并向皇帝诉说了自己和杜丽娘的故事，得到了皇帝的同情，才和杜丽娘终成眷属。

杜宝

性格特点：清正廉洁、固守礼教

杜宝是杜丽娘的父亲，是一个清正廉洁的好官，也是一个疼爱女儿的好父亲。杜宝很爱惜民众，经常到乡间地头去跟老百姓交谈，切实帮助他们解决生活中的困难，百姓们也很喜欢他，认为他"慈祥端正"，有这样一个好官是这个地方的福气。就连后来杜丽娘死后到了地府，判官本来要惩罚她，但因为杜宝为官清正，才放过了杜丽娘，让她有了复活的机会，可见杜宝确实是一个爱民如子的好官。

同时，杜宝也很爱自己的女儿杜丽娘，他总是夸奖自己的女儿，说她"才貌端妍""精巧过人"，还为女儿请了老师来上课。在古代，女子都是大门不出二门不迈，甚至有种说法是"女子无才便是德"，女子不用读书识字，只要在家里操持家务就行。因此，杜宝能为杜丽娘请来老师，是真心疼爱女儿。

可是，这么一个好官、好父亲，却因为固守礼教而害了自己的女儿。杜宝认为女子应当守在家里，长大以后嫁个好丈夫，绝对不能有自己的思想和情感，因此，他让老师教女儿知书识礼、做一个好妻子，禁止她闲游，连她的衣裙上绣一对花、一双鸟都不行。杜丽娘去世后，杜宝十分痛心，但杜丽娘复活，和柳梦梅一起出现在他面前时，杜宝却觉得女儿失去了名节，不愿意承认她是自己的女儿，反而指责她是一个妖女。正是杜宝对封建礼教的坚信，才导致了杜丽娘因为思念柳梦梅而去世的悲剧。

《牡丹亭》就是这么回事儿

死而复生,这样的民间传说大家听过不少吧?但因为爱而去世,又因为爱而复活的故事,好像就没有那么多了。《牡丹亭》讲的就是这样一个奇妙的故事。

开端

柳梦梅是唐代大诗人柳宗元的后代,很小的时候父母就去世了,只剩下他和一个仆人相依为命。有一次,他做了一个梦,梦到一棵梅花树,树下站着一个特别漂亮的女子,跟他说:"柳生啊,你遇到我,才会有姻缘,才能实现抱负,当上大官。"柳梦梅醒来之后很惊讶,很相信梦里女子说的话,就把自己的名字改成了"梦梅"。

与此同时,唐代另一个大诗人杜甫的后代杜宝正在家里发愁,因为他没有儿子,只有一个女儿,名叫杜丽娘,所以,他很想让杜丽娘找个好丈夫,让女婿来为自己养老送终。于是,杜宝和妻子甄氏商量了半天,最终决定为杜丽娘请一个老师,来教她读书,让她当一个知书达理的女子,将来好找丈夫。

杜宝为杜丽娘请的这位老师名叫陈最良,年近六十,是个很有学问的老头儿。但陈最良思想很古板,要求杜丽娘必须把全部心思放在学习识字和绣花上,不许她出去玩,连家里的花园都不让她去。杜丽娘在家里过得很不自由。

承接

春天到了,杜丽娘在家实在无聊,就趁着父亲杜宝下乡视察不在家,偷偷跑到花园中去游玩。花园中花繁叶茂,景色特别美,杜丽娘却很感慨,觉得自己就像这花一样,正是最年轻美丽的时候,却还没有出嫁,只在家里虚度光阴。想着想着,杜丽娘睡着了,在梦里见到了柳梦梅,她与柳梦梅谈天说笑,正在高兴的时候,却被母亲叫醒了。

梦醒之后,杜丽娘心情郁闷,很想再见到柳梦梅,可是,她往花园里去了好几次,都

没能再做梦。渐渐地，杜丽娘因为思念柳梦梅而生了病，最终去世了。杜宝痛惜女儿，将她葬在了花园里的梅树下，又修了一座道观，名叫梅花庵。

转折

柳梦梅在家里读了几年书，觉得颇有所得，就决定到京城去参加科举考试。但路上下了雪，他不小心摔了一跤，于是到梅花庵中去休息，正好看到了杜丽娘的画像，认出她就是自己梦中的女子。

与此同时，杜丽娘去世后，魂魄到了地府，地府里的判官发现杜丽娘的父亲杜宝是个好官，杜丽娘又与柳梦梅有缘，就让杜丽娘的魂魄回到了人间。

杜丽娘的魂魄与柳梦梅相遇，两人都十分惊喜，彼此喜欢，便日日相伴。过了几天，杜丽娘告诉柳梦梅自己是太守杜宝的女儿，已经死了，被葬在梅树下，请求柳梦梅赶快去梅树下看一看。柳梦梅很疑惑，不太相信，但还是去看了。这一看可不得了，柳梦梅发现杜丽娘的身体完好如初，好像还活着一样，庵里的老道姑见了，赶紧给杜丽娘喂了还魂丹，杜丽娘就真的活了过来，与柳梦梅互诉衷肠，陪着柳梦梅进京去赶考。

结局

北方敌人入侵,朝廷中无人可用,皇帝就派杜宝前去抵挡,杜宝很有军事才能,很快就打败了敌人,胜利回朝。但杜丽娘听说了杜宝出征打仗的消息,很担心他,就让柳梦梅带着她前去寻找父母。

杜宝打了胜仗,皇帝很是高兴,把他召进宫,对他大加赏赐。这时,战乱平息,之前科举考试的结果也出来了,柳梦梅高中状元。皇帝便也召柳梦梅进宫,柳梦梅便说自己是杜宝的女婿。杜宝一听,气坏了,自己的女儿已经死了,怎么又冒出来个女婿?柳梦梅说了杜丽娘死而复生的事,杜宝却不相信,认为这个杜丽娘是个妖精,请求皇帝把她赐死。

柳梦梅见杜宝这么无情,实在没办法,便写了一封奏折,说清了事情的来龙去脉,送到了皇帝那里。皇帝一看,十分惊讶,同时被柳梦梅和杜丽娘的爱情感动,就封柳梦梅做了翰林院学士,还给杜宝升了官。杜丽娘与柳梦梅从此结成夫妻,幸福地生活在一起。

超级访谈

我要转行

苏轼：哟，汤显祖？你在这儿干啥呢？

汤显祖：原来是苏兄啊，我在看戏呢，你怎么也来了？

苏轼：闲着没事儿干，看戏放松放松呗。你也爱看戏啊？

汤显祖：那我可跟你不一样，我来这儿主要是为了学习。

苏轼：哎？学习什么啊？你出身在书香门第，从小就看了不少书，又会写文章诗词，又精通天文地理、医药占卜，可是有名的大才子，居然也有你不会的东西？

汤显祖：有啊，我唯独不会趋炎附势呗。我21岁的时候就中了举人，大家都说，以我的才华，以后

考中个进士就跟玩儿似的。然而朝廷腐败啊,宰相张居正直接安排他的几个儿子考中进士,为了掩人耳目,他就想找几个有真才实学的人来做陪衬。他打听到天底下最有才名的,一个是我,一个是沈懋学,于是派人来笼络我们,说只要我们跟他配合,就肯定能中进士。沈懋学是个没骨气的人,面对这样的诱惑,他立马就答应了,但是我却不想和这种玩弄权术的人同流合污,于是我断然拒绝了。

啊?拒绝了?那你算是得罪这个张居正了,只要他当宰相一天,他都不会让你中进士的!

是啊,后来直到张居正死了,我才考中进士,那年我都34岁了。

考上了就好啊,毕竟你的才华还是实打实的。

你可别夸我了,光有才华有什么用啊。我之前不是当了个小官嘛,本来想着能辅佐皇帝治理

汤显祖

天下，让百姓们过上好日子。但没想到现在的朝廷这么腐败，我气得不行，就写了一本《论辅臣科臣疏》，想劝谏一下皇帝，让他管管现在的官员。但皇帝太昏庸了，根本体会不到我的苦心，还觉得我在骂他，把我贬去当典史了，真是令人生气。

苏轼

别气别气，要我说啊，在小地方当官也没什么不好的，能把小地方治理好，也算是你的功绩啊。你看我，被贬了多少次，到哪儿我都勤勤恳恳，百姓们可喜欢我了。

汤显祖

唉，我也知道这道理，但偏偏就是有人不想让我好过啊。后来我在浙江的遂昌当了五年知县，把当地治理得特别好，百姓们提起我都竖大拇指。但要为百姓做主就不得不得罪当地的豪强，我的上级也对我有所不满，总是为难我，我真是受不了这官场，索性辞官回家了。

苏轼

真是各朝各代的官场都一样啊，我太能理解你了。不过，遇上这种糟心事儿，你不出去散散心，来这儿学习什么啊？

汤显祖

唉，虽然辞官了，但我其实还是希望有一天能政治清明，到时候再回去当官报国呢，结果等了这么久也没实现。我现在打算转行写戏剧了，用戏剧来批判一下黑暗的社会，表达百姓们的渴望，也算是变相实现我的理想了吧。

苏轼

确实也是，不能当官，那当个名作家也挺好，我就等着你的大作了！

杜宝为女儿请来了老师陈最良,可陈最良是个迂腐的老书生,一心教杜丽娘恪守妇道,做一个贤妻良母,不许杜丽娘有其他的想法。杜丽娘得不到自由,就偷偷跑到家中花园里去玩。

第十出 惊梦(节选)

[醉扶归](旦)你道翠生生出落的裙衫儿茜,艳晶晶花簪八宝填,可知我常一生儿爱好是天然。恰三春好处无人见。不提防沉鱼落雁①鸟惊喧,则怕的羞花闭月②花愁颤。

(贴)早茶时了,请行。(行介③)你看:"画廊金粉半

---

① 沉鱼:春秋战国时期,美女西施在水边浣纱,河里的鱼儿看见她美丽的面容,忘记了游泳,渐渐沉到了水底。用来形容女子容貌美丽。
落雁:西汉时,王昭君到匈奴去和亲,在路上弹琴,抒发离别故乡的悲痛之情,天上飞着的大雁看到美丽的昭君、听到动听的琴声,忘记扇动翅膀,从天上掉了下来。用来形容女子容貌美丽。
② 羞花:唐朝时,唐玄宗的贵妃杨玉环在花园中赏花,花朵见杨玉环极为美丽,比花还漂亮,害羞地低下头,合起了花瓣。后来人们便用"羞花"形容女子美貌。
闭月:三国时期,一位名叫貂蝉的美人晚上在花园中拜月时,月亮看到她的面容,觉得比不过她,羞得不敢露面,扯来云彩挡住了自己。用来形容女子容貌美丽。
③ 古典戏曲剧本中,指示角色表演动作时的用语。如饮酒介,就是做出饮酒的动作。行介就是做出行走的动作。

零星,池馆苍苔一片青。踏草怕泥新绣袜,惜花疼煞小金铃。"(旦)不到园林,怎知春色如许!

[皂罗袍]原来姹紫嫣红开遍,似这般都付与断井颓垣(yuán)①。良辰美景奈何天,赏心乐事谁家院!恁(nèn)②般景致,我老爷和奶奶再不提起。(合)朝飞暮卷,云霞翠轩。雨丝风片,烟波画船。锦屏人忒(tuī)③看的这韶光贱!

(贴)是花都放了,那牡丹还早。

---

① 垣:指墙壁。断井颓垣指断了的井栏,倒塌的短墙。形容庭院破败的景象。
② 恁:那么、那样。
③ 忒:太。

特别推荐

　　[好姐姐]（旦）遍青山啼红了杜鹃，荼蘼①外烟丝醉软。春香呵，牡丹虽好，他春归怎占的先！（贴）成对儿莺燕呵。（合）闲凝眄（miàn）②，生生燕语明如翦，呖呖莺歌溜的圆。

　　（旦）去罢。（贴）这园子委是观之不足也。（旦）提他怎的！（行介）

　　在漫天的春光中，杜丽娘做了一个美梦，梦到自己遇到了心上人柳梦梅。此后，杜丽娘因为思念柳梦梅而去世，又因为爱慕柳梦梅而复活，由生到死，又由死复生，杜丽娘与柳梦梅之间的感情极为深厚，感天动地。

---

① 荼蘼：一种花，在春季末夏季初开花，凋谢后即表示花季结束，所以有完结的意思。
② 眄：看。

自古忠孝难两全

《牡丹亭》自诞生以来，受到了许多赞誉，汤显祖为《牡丹亭》所写的题记也广为传颂："情不知所起，一往而深，生者可以死，死可以生。生而不可与死，死而不可复生者，皆非情之至也。"意思是感情不知不觉被激发起来，而且越来越深，活着的人可以为之死去，死了的人也能因为感情而活过来，这才是最深的感情。要是活着的人不愿为感情而死，死了的人没办法因为感情而复活，这都不算感情达到极致。

没有爱情就要死吗？死了的人真的能复活吗？肯定不是这样，汤显祖这样的说法有些夸大，但在当时的环境中却有着很重要的意义。

明朝时，统治者们很推崇礼教，连皇帝和皇后都亲自写书，来劝诫女子要做个贤妻良母，不许有自己的情感和欲望。当时，许多女子会在丈夫去世后为丈夫殉葬，来表现自己的贞节，可见当时对女子的要求是多么的严格。

在这样的环境中，《牡丹亭》出现了，杜丽娘勇敢地追求自己的爱情，反对父母的控制，反抗礼教的束缚，

文苑杂谈

为情而死，又为情而生，给当时的社会带来了深远的影响。就像汤显祖所说的："天下岂少梦中之人耶？"天下像杜丽娘这样只能在梦中寻找自己感情的人还少吗？杜丽娘的所作所为，是当时社会中诸多女子想做却又没能做成的，因此，杜丽娘不仅是一个戏曲的女主人公，更是天下饱受封建礼教摧残的女子的代表。

七嘴八舌

柳梦梅

鬼算什么？我才不怕，我就要跟丽娘在一起！

女儿啊，不是我不想认你，谁能想到人真的能复活呢？

杜宝

皇帝

人死了还能复活？哈哈哈，我能长生了，我再也不怕死了！

扫二维码，听精彩讲解

唐寅

想当官也太难了

唐寅（1470 年—1524 年）

字　号：字伯虎，号六如居士
地　位："明四家[①]"之一，"吴中四才子[②]"之一
籍　贯：苏州府吴县（今江苏省苏州市）
代表作：《落霞孤鹜图》《六如居士全集》

[①] 唐寅、沈周、文徵明、仇英并称"明四家"。
[②] 唐寅、祝允明、文徵明、徐祯卿并称"吴中四才子"。

唐寅这辈子

唐寅是明朝著名画家、书法家、诗人。他的画作兼收并蓄，风格独特；书法则丰润灵活，俊逸秀拔；诗文更是雅俗共赏，声名远播。因此，唐寅是中国历史上当之无愧的大才子。

我祖上可阔气了

唐寅的家境并不富裕，他父亲只开着一家小酒馆，既没有多少钱，也没有多少文化，连给儿子的名字都取得很敷衍：唐寅出生在寅年，所以名叫唐寅；唐寅的弟弟出生在申年，所以叫唐申。古人往往用"伯仲叔季"来表示家里兄弟的排行，唐寅是家里的老大，寅对应的生肖是虎，所以唐寅的字就叫伯虎。

但是，唐寅的祖辈中却有不少大名鼎鼎的人物。据说，他的先祖唐辉曾是东晋十六国时前凉的大将军，住在晋昌，大概在现在的甘肃瓜州一带。唐寅很为自己这个先祖骄傲，所以经常在自己的作品上落款，说自己是"晋昌唐寅"。到了唐朝，唐寅先祖中又有一位也很厉害，名叫唐俭，被封为莒（jǔ）国公，莒国地处山东，在春秋战国时期属于鲁国，所以唐寅有时候也自称是"鲁国唐生"。

我就不爱学习

唐寅虽然很有才气，但他却不怎么喜欢学习。他二十四岁时，家里遇到重大变故，他的父亲去世了，此后的一两年间，他的母亲、妻子、儿子、妹妹也相继去世了，家里没有了收入，慢慢地衰落下去了。可唐寅还整天四处游玩，不思进取。幸好他有个好朋友，叫祝枝山。祝枝山实在看不下去唐寅的行为，就规劝他好好读书，勉励他去参加科举，唐寅接受了祝枝山的建议。

可是，在录科考试期间，唐寅却和好朋友跑去喝酒玩乐，被当时的主考官知道了。主考官很不喜欢他这样的行为，就没有录取他。正好当时的苏

州知府很赏识唐寅，当地知道唐寅才华的名士们又为他求情，唐寅这才得以"补遗"，获得乡试资格，并且考了乡试第一。

但考中以后，唐寅非但没想着好好学习再考个状元，反而更加不思进取，天天喝酒取乐。他的朋友们都看不下去了，其中有一个叫文徵明的，还专门写信给他，劝他读书。可唐寅就是不听，还给文徵明回了一封信，跟他说："我生来就是这样，你要是看不惯我，就别和我交朋友。"说着就要和文徵明绝交。

后来，唐寅去参加会试，不小心卷到了一场作弊案中，被分到一个小地方去当小吏。唐寅心高气傲，当然不愿意去，此后，他就更不想再参加科举了，一直以卖字画为生。

谁都想和我并列

虽然唐寅一辈子没当过官，但他非常有才，在绘画、诗文、书法上都有很高的成就。

在绘画方面，唐寅吸收了前代画家们的长处，擅长画山水画，画作风格独特，与沈周、文徵明、仇英并称"吴门四家"，又称"明四家"。

在诗文和书法上，唐寅也很有灵气，人们把他和祝允明、文徵明、徐祯卿并列，称为"吴中四才子"，也就是咱们现在经常说的"江南四大才子"。他们四个人各有所长，唐寅擅长画画、书法和诗文；祝允明擅长诗文和书法，尤其是书法很厉害，被称为"明朝第一"；文徵明也能诗能画，擅长画山水，是吴门画派的创始人之一；徐祯卿则在诗文方面很有名气，因为写的诗特别多，又写得很好，所以被称为"吴中诗冠"。

超级访谈

画鸡？我教你

小学生

唉，老师布置的作业也太难了，画鸡画鸡，怎样才能画好一只鸡啊？

咦？我仿佛听到你在念叨我的诗？

唐寅

小学生

哎呀！你是谁啊？谁念叨你的诗了？我这是在念叨我的美术作业呢！

美术？画鸡？这我会啊，要论画画，我唐寅称第二，没有人敢称第一！

唐寅

小学生

你可别吹牛了！哎？唐寅？这名字我好像听过。唔，想不起来了……那你倒是说说这鸡怎么画？

这还不简单，当然是先观察鸡的样子。你说说看，鸡身上最显眼的特征是什么？

唐寅

小学生

当然是那个大鸡冠!

唐寅

对喽,还有那身雪白的羽毛。所以啊,你的鸡要画得真,就要把这两个特征画出来。给你看看我画的鸡,那可真是"头上红冠不用裁,满身雪白走将来"。

小学生

我知道了,红色和白色放在一起,对比特别强烈,显得这公鸡特漂亮,我这就去画!

唐寅

哎哎哎,别急啊,我还没说完呢。除了画出鸡的样子以外,更要画出它的精气神,你看我画的这鸡,是不是雄赳赳、气昂昂的?这就叫"平生不敢轻言语"……

小学生

打住打住,公鸡可是会打鸣的呀,你怎么说它不敢轻言语呢?这不对啊。

唐寅

你等我说完啊,它不敢叫,就是因为"一叫千门万户开"。你想想,公鸡一叫,天就亮了,你得把这种威武的神态给它画出来才行。

超级访谈

小学生

嗨,我这就是一个美术作业,还画这精气神干吗?

这你就不懂了,画如其人啊。比如说我吧,我画这幅画的时候,正是明朝中后期,那时候啊,朝廷中的人都斗来斗去,只想着为自己争取利益。在这样的时代里,我当然不甘心当一个碌碌无为之辈,我想建功立业,实现自己的人生理想,让自己青史留名。知道了我的抱负,你现在再看我这幅画,再读我这首诗,是不是就能感受到我的豪迈之情了?

唐寅

画 鸡

头上红冠不用裁,满身雪白走将来。
平生不敢轻言语,一叫千门万户开。

小学生

你说得还挺有道理。啊!我想起来了,你就是那个唐寅,那个画画特别有名的唐寅!

啊?我是想着干出一番事业来,青史留名,没想到你们却是因为我的画画得好才知道我的。

唐寅

小学生　这就叫"有心栽花花不开,无心插柳柳成荫"嘛!能得到您的指点,我真是太高兴了,这就去画鸡!

特别推荐

我是桃花仙

今天真是个好日子,我的桃花庵建好了,桃花也开了,真是太棒了,我这就去桃花庵里看看!

桃花盛开,如火似霞,我坐在桃花庵里,喝着小酒,赏着桃花,快活似神仙啊!这可真是:

"桃花坞(wù)里桃花庵(ān),桃花庵里桃花仙。桃花仙人种桃树,又摘桃花换酒钱。酒醒只在花前坐,酒醉还来花下眠。半醉半醒日复日,花落花开年复年。"

真想永远住在桃花庵里,种种桃树,摘些桃花去换酒钱,买来酒就坐在花前喝,醉了就在桃花树下睡一会儿,这日子可太美了。想想那些在官场上做官,

再……再来一……一杯!

咕噜!

在仕途上奔波的人，比我这可差远了，我是"**但愿老死花酒间，不愿鞠躬车马前**"。宁可在赏花饮酒中老死，也不愿意去侍奉那些权贵之人。

对于有权有势的人来说，车水马龙是他们的乐趣，但对我来说，有酒有花就满足了。要是把富贵和贫穷放在一起比较，那就是一个在天上，一个在地上，但要是将清贫的生活与车马劳顿的生活相比，他们每天四处奔波，我却每天悠闲舒适，比他们好多了！这也就是"**车尘马足富者趣，酒盏花枝贫者缘。若将富贵比贫者，一在平地一在天。若将贫贱比车马，他得驱驰**①**我得闲。**"

嗨，我也知道，别人要是知道我这想法，肯定会笑话我，但笑就笑呗，"**别人笑我忒风颠，我笑他人看不穿**"。他们笑话我，我还笑话他们呢："**不见五陵豪杰墓，无花无酒锄作田。**"古往今来多少英雄豪杰，虽然也曾一时富贵，但世事变迁，到了现在，人们连他们的墓都找不到了，都变成了被人们耕种的田地，所以富贵只是一时的，享受生活才是人生正道啊。

---

① 驱驰：辛苦，勤劳。

文苑杂谈

不想死，就装疯

唐寅科举失利后，便纵情山水，整天饮酒取乐。公元1514年，唐寅突然收到一封聘书，是当时的宁王朱宸（chén）濠（háo）写给他的。朱宸濠在信里说自己久闻唐寅的才名，很佩服他，所以特意写信邀请他到自己的封地南昌去做幕僚。

唐寅打开聘书一看，非常高兴，觉得终于有人能赏识自己的才华了。而且宁王还邀请了很多有名的人，到时候他就可以结交更多的朋友，跟他们一起玩乐。于是，唐寅高高兴兴地出发了，半路上还到庐山去玩了好几天。

到了南昌后，朱宸濠也没食言，给唐寅的待遇特别好。可是，没过多久，唐寅就发现，这个宁王朱宸濠他动机不纯啊，他请了那么多名士前来，并不是因为真心礼贤下士，想结交天下英才，而是想要造反！

唐寅吓坏了，造反这可是诛九族的大罪，自己是绝对不能掺和进去的。但既然已经到了宁王这里，还发现他要造反，这时候要离开，宁王肯定不会同意的，得想个办法。

想来想去，唐寅就想了个办法：装疯。每次宁王询问他关于造反的事情,唐寅就假装自己听不懂话,还随地大小便,有时宁王派人给他送来财物,他还大骂使者,疯疯癫癫的。就这样,唐寅装疯装了三个月,宁王再也受不了,就把唐寅赶走了。

后来,宁王造反失败,被抓了起来,参与其中的人也都被一一问责,只有唐寅因为装疯卖傻提前离开,没有被追究责任,这也算是不幸中的万幸了。

欢乐谷

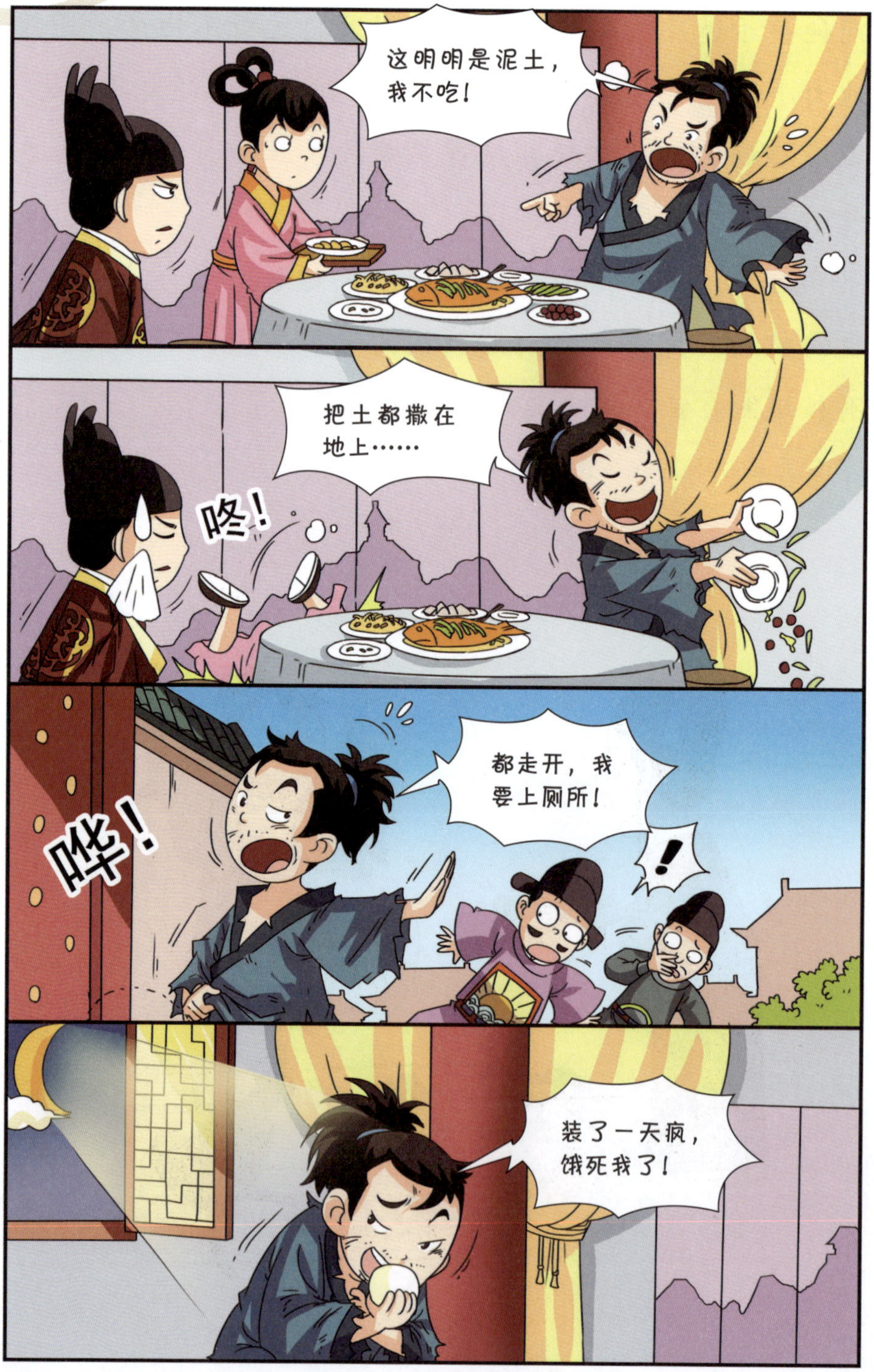

七嘴八舌

文徵明

我劝你读书你竟然要和我绝交，真是不识好人心！

唉，好好一个大才子，怎么说疯就疯了呢？我还想着让你帮我写文章呢，可惜了。

宁王

桃花树

你别在我树下喝酒了行吗？我都快被你的酒气熏死了！

扫二维码，听精彩讲解

归有光

命运坎坷的深情之人

归有光（1507年—1571年）

字　号：字熙甫，号震川，世称"震川先生"
地　位："嘉靖三大家①"之一，"明文第一"
籍　贯：苏州府昆山县（今江苏省昆山市）
代表作：《项脊轩志》《寒花葬志》等

---

① 归有光与唐顺之、王慎中并称为"嘉靖三大家"。

TA这一辈子

归有光这辈子

归有光是明朝中期有名的散文家,他非常崇尚唐宋时期的古文,自己的散文也写得风格朴实,感情真挚,是明代"唐宋派"的代表作家。人们都很敬佩他,称他为"今之欧阳修",后人也称赞他的散文是"明文第一"。

我的命也太苦了

归有光出生在一个大家族,据说他出生的时候,家里的院子里出现了彩虹,所以他的名字叫归有光。归有光出生时,家族已经在慢慢衰败,因此他的童年过得并不富裕。他八岁时,母亲去世了,家里越发贫困。人们常说:"穷人的孩子早当家。"归有光很小的时候就知道给家里帮忙,发奋苦读,希望能出人头地。

归有光很聪明,十岁的时候就能写出一千多字的文章了,想想咱们现在,十岁的孩子估计才上四五年级,还在为四五百字的作文发愁呢。归有光擅长写文章,在当时的文人中非常有名,因为他出生在太湖附近,太湖又叫震泽,所以人们都称呼他为"震川先生"。但归有光却不擅长科举，一连考了五次，均榜上无名，直到三十五岁才考上举人，又考了九次才考中进士。

在他四十三岁时，他还没考中进士，他的长子就去世了，归有光白发人送黑发人，非常悲痛。祸不单行，隔了一年，归有光的妻子也去世了。这艰难的生活让归有光备受打击，也让他变得十分坚毅，不愿屈服。

绝不随波逐流

归有光非常正直，他考了很多次科举都没考中，但名声却很响亮。当时有一位权势很大的宦官很佩服他，想让自己的侄子拜归有光为师，只要归有光答应，就有享不尽的荣华富贵，可归有光怎么也不同意。后来，随

着新帝登基,这位宦官的权力更大了,想让归有光到京城来找自己,给他安排一些好的职位,归有光仍然没有答应。

不只在生活中,在文学方面,归有光也很刚正,坚持自己的写作态度,甚至和有名的大文人王世贞吵了起来。王世贞是归有光的同乡,比归有光还年轻,却早早地当上了大官,是当时的文坛领袖。归有光呢,虽然有名,但没有权势,是个穷书生。就在这种情况下,归有光在自己的文章里,还毫不留情地批判王世贞是"妄庸之人",就是说他又狂妄又平庸,没什么才华还很骄傲。王世贞知道后,气得跳脚,和归有光隔空写文章吵了起来。

但归有光确实很有文采,王世贞到了晚年,完全改变了对归有光的看法,还给归有光写了篇文章,说他是"当代名家",还称赞他"千载有公,继韩、欧阳",就是说归有光的文章可以和韩愈、欧阳修的文章相提并论,可见归有光有多厉害。

当官,我是认真的

归有光考了一辈子科举,第九次才考中进士,这时候他已经六十岁了,被派到一个非常偏僻的名叫长兴的地方当知县。

长兴很穷，当地又有很多大家族，这些大家族勾结官府为非作歹，当地百姓都过得很不好。归有光到了那里后，狠狠地惩治了那些恶人，释放了许多无辜的百姓，又为他们平反，得到了百姓们的爱戴。

有一次，一个重犯的母亲去世了，他思念自己的母亲，请求回家去给母亲办丧事。归有光很同情他，就同意了他的申请，让他给母亲办完丧事后自己回来。这个囚犯回到家办完丧事，其他人撺掇他不要回去，偷偷逃跑，但这个囚犯拒绝了，最终真的自己回到了监狱。当地人知道了这件事，纷纷称赞归有光，更加拥护他。

妻子啊，我好想你啊

苏 轼

十年生死两茫茫，不思量，自难忘。唉，转眼间你已去世十年了，妻子啊，我好想你！

你还记得庭院前那棵枇杷树吗？当年你亲手种的，现在已经长得很茂盛了，可惜你却看不到了。唉，妻子啊，我好想你！

归有光

苏 轼

哎？你是谁？你也是来悼念你的妻子吗？

对啊，我是归有光，我妻子已经去世很久了，我还专门为她写了文章，可她却永远看不到了。

归有光

苏 轼

我妻子也是。唉，不说这些伤心事了，你跟我说说你这文章呗。古代悼念妻子的诗文不算多，我还挺好奇你是怎么写的。

我这篇文章叫《项脊轩志》，其实不完全算

归有光

悼念妻子,也写了我的祖母和母亲。项脊轩是我的书房,"**室仅方丈**①,**可容一人居。百年老屋,尘泥渗(shèn)漉(lù),雨泽下注;每移案,顾视**②,**无可置者。**"房子很小,只能一个人住在里面,这又是百年老屋,土很多,下雨的时候还漏雨,桌子都移来移去没地方放。后来,我把它稍微修补了一下,盖好了屋顶,"**又杂植兰桂竹木于庭,旧时栏楯(shǔn)**③,**亦遂增胜**④。**借书满架,偃仰啸歌,冥然兀坐,万籁有声;而庭阶寂寂,小鸟时来啄食,人至不去。三五之夜**⑤,**明月半墙,桂影斑驳,风移影动,珊珊可爱。**"又在院子里种了兰花、桂树和竹子之类的植物,以前的旧栏杆也修了一下,看起来好多了。在屋子里我又放上了书架,每天坐在这里看书写字,非常惬意。院子里特别安静,有时候还有小鸟飞过来在院子里找吃的,就算有人来也不会飞走。每逢农历十五的夜晚,月光皎洁,风吹动树林,树的影子就在墙壁上随风摆动,漂亮极了。

归有光

---

① 方丈:一丈见方,一丈大概是现在的三米,一丈见方大概是九平方米。
② 顾视:环看四周。
③ 栏楯:栏杆。纵的叫栏,横的叫楯。
④ 增胜:增添了光彩。
⑤ 三五之夜:农历每月十五的夜晚。

超级访谈

苏 轼：哇,这书房听起来很不错啊!

归有光

那当然了。这房子以前是一个老婆婆居住的,她是我祖母的婢女,哺乳过两代人,我母亲待她很好。我母亲在我八岁时就去世了,我都不太记得她的样子。老婆婆经常指着屋子里的某个地方跟我说:"**某所,而母立于兹。**"就是说这个地方我的母亲曾经站过。她有一次还跟我讲:"**汝姊(zǐ)①在吾怀,呱呱而泣;娘以指叩门扉曰:'儿寒乎?欲食乎?'吾从板外相为应答。**"就是我母亲有一次来看她,我的姐姐躺在她怀里哭起来了,这屋子太小,我母亲进不来,就站在门外,用手敲着门问她:"孩子是不是冷了?是不是想吃东西啊?"唉,听她说到这儿,我和她都忍不住哭了起来。

苏 轼：唉,可怜天下父母心啊。你刚刚说还写到了祖母?

---

① 姊:指姐姐。

对啊，就是这一段："余自束发①，读书轩中，一日，大母过余曰：'吾儿，久不见若影，何竟日②默默在此，大类③女郎也？'比去，以手阖（hé）门，自语曰：'吾家读书久不效，儿之成，则可待乎！'顷之，持一象笏④至，曰：'此吾祖太常公宣德间执此以朝，他日汝当用之！'瞻（zhān）顾遗迹，如在昨日，令人长号不自禁。"我十五六岁的时候，就在这个小书房里读书，有一次，祖母来找我，跟我说："孩子啊，我好久没看到你，你怎么整天静静地坐在这里看书，跟个女孩儿一样呢？"等到祖母离开的时候，我听到她自言自语地说："我们家的人读书总没成就，现在看这个孩子这样，应该是可以功成名就了吧！"过了一会儿，我祖母拿着一个象牙笏板进来了，说："这是我的祖父太常公在宣德年间上朝的时候用的，以后你也会用到的！"我现在看着这个小书房，这些事仿佛都发生在昨

归有光

---

① 束发：古代男孩十五岁时束发为髻。
② 竟日：一天到晚。
③ 大类：像。
④ 象笏：象牙制的手板。古代品位较高的官员朝见君主时所执，供指画和记事。

天，再想想我自己，六十岁才考中进士，真是愧对祖母啊。

归有光

苏 轼

唉，你也别太自责了，说了这么多，好像还没提到你的妻子啊？

其实写到这儿，这篇文章就写完了，后面的一小部分是我后来加的。"余既为此志，后五年，吾妻来归①，时至轩中，从余问古事，或凭几学书。吾妻归宁②，述诸小妹语曰：'闻姊家有阁子，且何谓阁子也？'其后六年，吾妻死，室坏不修。其后二年，余久卧病无聊，乃使人复葺南阁子，其制③稍异于前。然自后余多在外，不常居。庭有枇杷树，吾妻死之年所手植也，今已亭亭如盖④矣。"我写了这篇文章后，过了五年，我妻子嫁到我家，她经常会来这小书房问我学问，或者靠着桌案看书。有一次她回了娘家，回来的时候还跟我说家里的小妹妹问她："听说姐姐家有个

归有光

---

① 来归：嫁到我家来。
② 归宁：出嫁的女儿回娘家省亲。
③ 制：指建造的格式和样子。
④ 亭亭如盖：高高挺立，树冠像伞盖一样。

阁子，叫什么名字呢？"过了六年，我妻子就去世了，这个阁子坏了也再没有修过。后来又过了两年，我生病了，想起祖母、母亲和妻子，才又重修了这个阁子，修得跟以前有点不一样，但我也不常住。在这个书房的院子里，长着一株枇杷树，是我妻子去世那年她亲手种的，现在已经长得挺拔高大，枝繁叶茂，像伞一样了。

归有光

苏轼

唉，你这篇文章写得真好啊，尤其是最后一句，树还在，种树的人却已经去世多年了，物是人非，真是让人伤心啊。

谁说不是呢？唉，我好想念我的妻子。

归有光

苏轼

我也是。不过斯人已逝，我们也应当振作起来，发奋努力才行啊。

特别推荐

想你，想你，好想你

唉，最近这几年家里实在是不顺利，我妻子刚去世四年，她的婢女寒花竟也跟着去世了，我必须得为她写一篇文章悼念一下。

寒花是我妻子魏氏的婢女，当初跟着妻子来到我家时，才刚刚十岁，我现在都记得她的样子"垂双鬟，曳深绿布裳"，她两个环形的发髻低垂着，穿着一条深绿色的长裙，看起来活泼聪明。有一次，天气特别冷，妻子就和寒花一起煮了荸荠（bí·qi）吃，当时，"婢削之盈瓯（ōu）①，予入自外，取食之，婢持去不与，魏孺人②笑之"。寒花把煮好的荸荠削好皮放在一个小盆子里，我正好从外面回来，想从盆里拿一个吃，寒花却调皮地把盆子端走了，不给我吃，我妻子魏氏就站在一边笑她。

寒花除了活泼聪明外，还特别爱吃，是个名副其实的吃货。"孺人每令婢倚几旁饭，即饭，目眶冉冉③动，孺人又指予以为笑。"我妻子经常让她倚着小桌子吃饭，

---

① 瓯：小瓦盆。
② 魏孺人：指作者的妻子魏氏。孺人是古代官员之母或妻的封号。
③ 冉冉：形容缓慢移动或飘忽迷离。

每次吃饭时,她就一边吃一边眼神迷离,好像特别享受的样子,我妻子就指给我看,我俩都觉得很好笑。

唉,回想这一幕幕,现在居然已经过去十年了,真是太让人伤心了。人们都说我的文章平实自然,虽然短小,但却简洁凝练,看似语言很平淡,实际上感情却很浓烈,就像这篇《寒花葬志》一样。唉,他们哪里知道,

虽然只写了一点,但她们在我心里却留下了深刻的印象,对她们的怀念与深情,是再长的文章都写不完的啊。

那些名人们的书房

项脊轩是归有光的书房，他在这间书房里度过了自己的青年时代，还写下了一篇纪念祖母、母亲和妻子的有名的文章——《项脊轩志》。那他为什么给自己书房起这个名字呢？在《说文解字》里，"项"指的是"头后也"，也是人的脖子的后面，很小，又不引人注目，"脊"指人的"脊椎"，也在身体的背面。因为归有光的书房又小又偏僻，在房子的背面，所以归有光就给它起名为"项脊轩"，是不是很有意思？

在中国历史上，像归有光一样给自己书房起有趣名字的人可不少。比如大名鼎鼎的蒲松龄，他的书房叫"聊斋"，这是因为他科考落榜之后，就在自己的小书房里写书，他很喜欢邀请人到他的书房里闲聊，再把闲聊中听到的那些有趣的故事都记录下来，加工整理一下，写成小说，所以他的书房就叫"聊斋"了，他写的那本书就叫《聊斋志异》。

再比如鲁迅先生，他的书斋名字叫"绿林书屋"。"绿林"本来是个地名，在湖北，因为它是一次大规模农民起义的地点，后来人们就把除暴安良的英雄称为绿林好汉，有时候也用绿林好汉来指强盗和土匪。因为鲁迅先生很支持学生的爱国运动，引起了当时一些反动派文人的不满，他们就说鲁迅先生是"学匪"，就是文人里的匪徒。所以鲁迅先生为了嘲讽他们，干脆把自己的书屋改了个名字，叫"绿林书屋"。

再比如明代有一个学者叫张溥，他特别勤奋，每次读书的时候，都一定要把书抄一遍，再读一遍，然后把抄好的书烧了，接着再抄再读再烧，就这样反复六七次，直到把书背熟为止。因为这个习惯，他就把自己的书房叫作"七录斋"，就是一本书要抄七次的意思。

文人们的书房名是不是都很有趣？其实，对于文人而言，书房是他们一生中最常待的地方，书房的名字代表着他们对人生和学问的态度，可是大有深意的。

七嘴八舌

王世贞

我们不是老乡吗？你居然还这么骂我，真是太过分了！

爱吃怎么了？你还写篇文章让其他人都知道我爱吃，真是气死我了！

寒 花

枇杷树

通过我来怀念你妻子，好深情啊，要是不吃我的果实，那就更好了！

扫二维码，听精彩讲解

袁宏道

不爱做官就爱玩儿

袁宏道（1568年—1610年）

字　号：字中郎，一字无学，号石公，又号六休
地　位：与袁宗道、袁中道并称"公安三袁"
籍　贯：荆州府公安县（今湖北省公安县）
代表作：《满井游记》《虎丘记》

袁宏道这辈子

袁宏道是明代有名的文学家,他为人刚正,连鲁迅都称赞他是一个"关心世道"的人。同时,他在文学方面也有很高的成就,和哥哥袁宗道、弟弟袁中道一起开创了新的文学流派,被称为"公安派"或者"公安体"。

当官好累啊

袁宏道出生在官宦家庭,家里很富裕,给他请了很多名人当老师,所以袁宏道早早就学会了写诗弄文,在当地很有名气。十六岁的时候,袁宏道就组织了一个文学社团,当了社长,天天带着社友们一起写诗写文。因为他很有才华,所以社里的人都很佩服他,三十岁以下的人都称他为老师。想想现在,十六岁还在上高中呢,比人家可差远了。

二十一岁时,袁宏道参加科举考试,中了举人,但没想到的是,他去参加会试时却落选了,没能中进士,短时间内没法当官。他特别郁闷,就开始研究禅宗,从中寻找精神寄托。

二十四岁时,袁宏道又去参加科举,这次考中了,三年后被派去当县令。袁宏道很有政治才干，把当地治理得很好，连当时的内阁首辅都称赞他："二百年来，无此令矣！"就是说两百年来都没有这么好的县令，可见他有多厉害。可是，袁宏道并不喜欢当县令，觉得非常痛苦，没有清闲的时候，因此，第二年他就找了个借口辞官了。

毒舌文学家

明朝时，有个文学流派叫复古派，他们主张"文必秦汉，诗必盛唐"，也就是向秦汉时期的文人学习写文章，向盛唐诗人学习写诗，只有这样写出来的诗文才是好的。当时的文人们都争相模仿秦汉时的文章和唐朝的诗歌，没有自己的创意。

袁宏道很不喜欢这种主张，就提出应该**"独抒性灵，不拘格套"**，也就是写文写诗要抒发自己的感想，不要一味地模仿秦汉盛唐。他批评复古派的时候言辞非常激烈，说这些人的文章简直是**"粪里嚼渣，顺口接屁"**，说他们**"记得几个烂熟故事，便曰博识；用得几个见成字眼，亦曰骚人。"**就是说他们说几个人人皆知的故事就认为自己很博学，用上几个常见的字词就认为自己是诗人。**"以是言诗，安得而不诗哉！"**这样的作品都能被认为是诗，哪还有什么东西不能算是诗呢？这些话说得太狠了，要是放在现在，说不定会被人追着打呢！

我这一家子

袁宏道很有才能，他的兄弟们也一点都不差，哥哥袁宗道和弟弟袁中道都是当时有名的文学大家。因为他们都是湖北公安人，所以又被称为"公安三袁"。

袁宗道是哥哥，字伯修，号玉蟠，又号石浦。他很推崇白居易和苏轼，还当过东宫讲官，相当于给太子当老师。这可是古代的殊荣，等太子当了皇帝，那东官讲官就相当于皇帝的老师了,可见袁宗道当时很受重用。

　　弟弟袁中道也毫不逊色,虽然他仕途不顺,好几次参加科举都失败了,四十六岁时考上了进士,比两个哥哥晚。但他性格豪爽,自命为豪杰,经常与人交游,还喜欢读道家和佛家的书,他的文学作品也很豪迈。

超级访谈

教你斗蜘蛛

袁中道

哥，哥，你干吗呢？外面天气这么好，走，去外面玩啊！

你来了？我正要去找你呢！我最近发现了一个可好玩的事儿，斗蜘蛛！

袁宏道

袁中道

斗蜘蛛？我只听说过斗蛐蛐，还从来没听说过斗蜘蛛，怎么斗啊？

这可是我的好兄弟龚散木发明出来的游戏。首先呢，你要"**觅**① **小蛛脚稍长者，人各数枚**"，就是找一些腿比较长的小蜘蛛，每人多找几只。

袁宏道

袁中道

抓蜘蛛还不容易？简单！下一步要干吗？

你不知道，抓蜘蛛也是有讲究的，"**捕之勿**

袁宏道

---

① 觅：寻觅。

急,急则怯[1]**,一怯即终身不能斗。宜雌不宜雄,雄遇敌则走,足短而腹薄,辨之极易。**"抓蜘蛛的时候不能心急,万一吓到蜘蛛,蜘蛛就会变得怯懦,根本不敢争斗。而且,要尽量抓雌蜘蛛,不要抓雄蜘蛛,因为雄蜘蛛看到敌人就跑,不愿意争斗。雄蜘蛛很好辨认,它的腿很短,肚子也很小。

袁宏道

袁中道

这样啊,我懂了。抓到蜘蛛以后呢?怎么让它们争斗起来啊?给点食物?

袁宏道

大错特错!你要"**先取别蛛子未出者,粘窗间纸上,雌蛛见之,认为己子,爱护甚至。见他蛛来,以为夺己子,极力御**[2]**之。**"就是先找一些蜘蛛的卵,把这些卵粘在窗户上,雌蜘蛛看见了,就会认为这是自己的孩子,极力去保护它。这时候你再把其他的雌蜘蛛放进去,这样一来,先来的雌蜘蛛觉得它们是要来抢自己的孩子,就会极力抵抗,这就打起来了。

---

① 怯:胆怯。
② 御:防御、抵御。

超级访谈

袁中道

明白了,我这就去抓雌蜘蛛!

袁宏道

等等,不是所有的雌蜘蛛都行啊,"**惟腹中有子及已出子**①**者不宜用**",那些肚子里已经有了卵的雌蜘蛛或者是已经生了孩子的雌蜘蛛就不行了。

袁中道

这也太麻烦了吧!费了这么多力气,抓来的蜘蛛真的能斗起来吗?

袁宏道

那当然,"**登场之时,初以足相搏;数交之后,猛气愈厉,怒爪狞狞**②**,不复见身**③**。胜者以丝缚敌,至死方止**④**。**"蜘蛛一开始都是用脚互相攻击,打几次之后,就会更加凶猛,完全不顾及生命。赢了的蜘蛛会用丝绑着敌人,直到把对方困死。

---

① 出子:生育子女。
② 狞狞:凶恶可怕。
③ 不复见身:不再顾及性命。
④ 止:停止。

啊？蜘蛛平时看着不怎么爱动，竟然这么凶吗？

倒也不全是这样，"**亦有怯弱中道败走**①**者，有势均力敌数交即罢**②**者。**"也有那些胆怯的蜘蛛，打到一半就跑了，或者有势均力敌的蜘蛛，打到一半就讲和了。

斗蜘蛛竟然有这么多门道，你那个朋友龚散木真是个人才！

嗨，别说了，你没听说过"玩物丧志"这话吗？他在玩乐上确实很聪明，"**人间技巧事，一见而知之**"，那些有趣的事情，他一看就懂，但就因为这样，"**学业亦因之废**"，他的学业也被荒废了。

这……果然，还是不能太沉溺于玩乐啊，我这就去把刚抓的蜘蛛放了。

---

① 走：逃跑。
② 罢：停止。

特别推荐

游玩使我快乐

真烦人,我哥自己在京城当官也就算了,竟然还叫我到京城来当官,每天起得老早,睡得特晚,有干不完的活儿,我才不想当官!而且这京城的春天来得也太晚了吧,"冻风时作①,作则飞沙走砾。局促②一室之内,欲出不得。每冒风驰行,未百步辄③返。"时不时就有大风,起风的时候真是飞沙走石,人只能待在屋子里,想出去也没办法,有时候顶着风出门,走不到一百步就被刮得走不动,非得回屋不可。

幸好昨天天气不错,有几个朋友叫我去一个叫满井的地方去玩,据说这里有一口井,里面有泉水,一年四季都是满盈的,所以叫满井。

到了地方一看:高柳夹堤,土膏微润,一望空阔,若脱笼之鹄④。柳树高大,立在堤岸边,土地化冻了,微微有些湿润,抬眼望去,空旷开阔,真是太美了,我觉得自己就像从笼子逃出来的天鹅一样。

---

① 作:兴起。
② 局促:拘束,形容受到束缚而不得舒展。
③ 辄:就。
④ 鹄:天鹅。

这里的山水都沐浴着春光,湖水"波色乍明,鳞浪层层,清澈见底,晶晶然如镜之新开而冷光之乍① 出于匣也",湖上的薄冰刚刚融化,水面波光粼粼,清澈得可以看到湖底,好像是一面刚刚从匣子里取出来的镜子。山呢,则是"为晴雪所洗,娟然如拭,鲜妍明媚,如倩女之靧(huì)②面而髻鬟③之始掠④也",积雪融化,雪水把山上的尘埃都洗了一遍,使整座山像是被擦拭过,鲜亮明丽,就像漂亮的少女刚刚洗过脸梳过头发似的。

在这春山春水之间,植物都生机盎然,"柳条将舒未舒,柔梢披风,麦田浅鬣⑤寸许。"柳条的叶子还似卷非卷,没有完全舒展开,柔软的树梢在风中飘荡,麦田里的麦苗也长了出来,只有一寸高,就像兽类脖子上的长毛一样。

小动物们也都充满了生气,"凡曝(pù)⑥沙之鸟,呷(xiā)浪之鳞,悠然自得,毛羽鳞鬣⑦之间皆有喜气。"那些在沙滩上晒太阳的鸟,在水中游戏的鱼儿,都

---

① 乍:刚刚。
② 靧:洗脸。
③ 髻鬟:环形发髻。
④ 掠:梳妆。
⑤ 鬣:兽颈上的长毛,也有人认为是马鬃。
⑥ 曝:晒。
⑦ 毛羽鳞鬣:毛,指虎狼兽类;羽,指鸟类;鳞,指鱼类和爬行动物;鬣,指马一类动物。合起来泛指一切动物。

自在闲适,所有的动物都透着喜悦的气息,欢庆春天的到来。

我这才知道"郊田之外未始无春,而城居者未之知也。"原来郊外并不是没有春天,而是住在城里的人不知道罢了。啊,出来游玩真开心啊,我真庆幸自己没当大官,"夫不能以游堕①事而潇然②于山石草木之间者,惟此官也。"不会因为游山玩水而误事,能尽情地在山石草木之间游玩,恐怕只有当这种小官才行。正好这地方离得近,我以后每天都要来玩!

① 堕:坏、耽误。
② 潇然:悠闲自在的样子。

"文三袁"与"武三袁"

明朝时,袁宏道与哥哥袁宗道、弟弟袁中道合称"三袁",声名远播。而比他们稍晚一点,还有三个姓袁的人,分别是袁崇焕、袁可立、袁应泰,他们三人都是武将,也很有名气,也并称"三袁"。为了表示区分,人们就将袁宏道兄弟三人并称"文三袁",而将袁崇焕三人并称为"武三袁"。"文三袁"开创了新的文学流派,"武三袁"又做了哪些事儿?

袁崇焕是明朝末年的大将,非常有军事才能。有一次,为了抵御北方少数民族后金的入侵,朝廷决定派人前去镇守山海关。袁崇焕得知后,就一个人前去山海关

文苑杂谈

察看地形，回来后向朝廷进言，说只要给他足够的兵马，他一个人就能守住山海关。果然，袁崇焕镇守边关后，多次击退敌人，立下了很大的功劳。后来，后金实在是打不过袁崇焕，就使了个离间计，派人散布谣言，说袁崇焕早就跟他们立下了秘密约定，与他们结盟了。一听到这谣言，朝廷里被袁崇焕得罪过的奸臣们马上找到了借口，就陷害袁崇焕，给他定了死罪，把袁崇焕凌迟处死了。

袁可立是一个有名的清官，刚正不阿。有一次，他在某地奉命巡视，发现当地有一个恶霸，经常欺压百姓，肆意杀人，做了不少恶事，但因为皇帝很宠爱他，所以官员们都不敢管他。袁可立非常生气，命人把他抓了起来，打算依照法律处死他。皇帝得知了这事儿，急了，马上下旨，让袁可立放过这个人。但袁可立却一点儿也不给皇帝留面子，毅然决然地把这个人处死了。百姓们都很崇敬他，称他为"真御史"。后来，后金入侵，皇帝派袁可立去镇守登莱，大概就是现在山东北边靠海的地方。袁可立训练水军，立下了奇功，打得后金不敢前来侵犯。明朝灭亡后，后金建立了清朝，在袁可立去世一百多年后，还对他十分忌惮，有关他的史料全都被埋没了，可见袁可立有多厉害。

袁应泰也是一位明朝大将，他精明能干，爱护百姓，又很有气节。后金军队攻打辽阳城的时候,袁应泰亲自带着军队前去应战,但最终也没能守住辽阳城。辽阳城被攻破后,袁应泰和一众官员在城楼上看到后金军队冲进城,意识到大势已去,没有办法再抵挡了。其他官员纷纷逃命,袁应泰却长叹一声,选择了上吊自杀。这个消息传到京城后,百姓们都非常感动,皇帝为他举办了隆重的葬礼,又封他儿子当了官。

　　明朝的"文三袁"在文学上开创了新的流派,成就突出,"武三袁"也武功卓著,令人钦佩。

七嘴八舌

袁宗道

当官多好啊，别人都盼着当大官，就你，让你当官都不想当！

我冤枉啊！你们打不过我就诬陷我，真是太卑鄙了！

袁崇焕

袁中道

我哥真是太会玩了，哥，改天你再教我个好玩的呗？

扫二维码，听精彩讲解

冯梦龙

带坏青年的写书狂魔

冯梦龙（1574年—1646年）

字　号：字犹龙，号顾曲散人等
地　位："吴下三冯①"之一
籍　贯：苏州长洲（今江苏省苏州市）
代表作：《喻世明言》《警世通言》《醒世恒言》

---

① 冯梦龙与兄长冯梦桂、弟弟冯梦熊并称"吴下三冯"。

TA这一辈子

冯梦龙这辈子

冯梦龙是明代著名的文学家、思想家、戏曲家。他所创作的文学作品很多,其中《喻世明言》《警世通言》《醒世恒言》并称为"三言",是中国白话短篇小说的经典代表,为中国文学做出了极大贡献。

才名远播的"写书狂魔"

冯梦龙的家世存在着许多谜团,但后世的学者普遍认为他出生于一个书香世家或者儒医世家。良好的家世给冯梦龙提供了很好的教育,他从小就非常喜欢读书,还很年轻的时候就考中了秀才,是个远近闻名的小学霸。可惜的是,他一直都没有考中举人,所以就把精力放到了编书上。

冯梦龙非常喜欢游玩,总是跟平民百姓们接触,趁着这些机会,他广泛地收集了许多民间歌谣,写成了一部民歌集,名叫《挂枝儿》,成了后世学者研究明代民间文学的重要资料。

同时,冯梦龙还收集了许多民间故事,他把这些民间故事重新编订在一起,写出了《古今谭概》《情史》

《春秋衡库》《智囊》《三遂平妖传》《广笑府》《墨憨斋定本传奇》《喻世明言》《警世通言》《醒世恒言》等十几本著作，是个当之无愧的"写书狂魔"。

当官还不容易吗

1630年，五十六岁的冯梦龙得到了一个当官的机会，他被举荐为贡生①，进入国子监学习，相当于到了官方的最高学府。过了四年，他被派去福建的寿宁县当知县。

寿宁县特别穷，因为离海不远，总有海盗前来抢劫，又因为山高林密，总有老虎下山伤人。冯梦龙到了寿宁县之后，先是组织人员修了又高又长的城墙，还在四面的城门楼上放了大鼓，派出官吏时时守着城门，海盗一来就敲鼓提醒人们防备。同时，他还专门去调查，根据地形找出了最适合当地人的武器装备，又加强了对官兵的军事训练，取得了一定的防御效果。

冯梦龙还去调查了寿宁县的老虎伤人事件，决心解决这个问题。他让人打造了许多陷阱，用羊当诱饵，放在老虎常去的地方，让百姓们守着，只要捉到一只老虎，

---

① 贡生：科举时挑选府、州、县生员（秀才）中成绩或资格优异者，升入京师的国子监读书，称为贡生，意思是以人才贡献给皇帝。

就赏赐给百姓三两黄金。就这样，寿宁县的虎患也被解决了。

此外，冯梦龙又大力发展教育，修建学校，自己编写教材，又鼓励当地百姓积极入学，还自己出钱为生病的穷人买药，得到了当地百姓的一致拥护。

玩物丧志说的就是我

冯梦龙非常有文采，也很有政治才能，不过他并不是一个严肃正经的人，相反，他是一个个性洒脱的人。

当时有一种纸牌游戏，叫"马吊"，有点像现在的扑克牌，非常流行。冯梦龙就特别喜欢玩，还特意为这种游戏写了一本书，叫《马吊牌经》。

后来，又有一种名叫"叶子戏"的纸牌游戏很流行，冯梦龙就又为它写了一本书，专门介绍打牌的技巧，名叫《叶子新斗谱》。因为冯梦龙很有名气，所以这本书流传很广，引得很多年轻人都去玩叶子戏，还有人沉溺其中，欠下了很多钱。年轻人的家长们一看，这还得了，他们愤怒地把冯梦龙告到了官府，说他败坏风气，带坏孩子。

冯梦龙实在没办法，只好去求助老师熊廷弼。但到了老师家，老师却什么话也不说，只招待冯梦龙喝茶吃饭。吃完饭临走时，熊廷弼给冯梦龙送了个神秘礼物——一个沉甸甸的大冬瓜。冯梦龙费劲地抱着冬瓜走了很久，实在抱不动了，只好把冬瓜放在半路上，自己回家了。回到家里，冯梦龙才发现熊廷弼已经给当地的知县写了一封信，为他求情，知县这才不追究冯梦龙的过失了。

　　原来，熊廷弼一开始就想帮冯梦龙，但又觉得冯梦龙实在是玩物丧志，就故意为难他，给他个大冬瓜让他抱着走，吃点苦头，最后再帮他解围。瞧瞧，自己爱玩就算了，还诱导其他人跟自己一块儿玩，可不就是玩物丧志吗？

超级访谈

你怎么瞎编故事呢

唐伯虎

姓冯的,你等着,我这就去告你诽谤!

等等,这不是唐伯虎吗?我俩虽然在一个朝代,可是你去世了我才出生,咱俩都没有什么交集,我可没惹你啊!

冯梦龙

唐伯虎

哼,你都认出我了还装傻,你看这是什么?是不是你写的?

我看看,哦,《唐解元一笑姻缘》,是我写的,怎么了?

冯梦龙

唐伯虎

你敢给大伙儿讲讲你这写的是什么吗?

这有什么不敢的!这故事说的是唐伯虎有一天去湖上坐着船游玩,正好看到旁边经过的小船上有一位穿着青色衣服的小丫鬟在冲着他笑,他对这个小丫鬟一见钟情,就一路跟着那艘船,还

冯梦龙

冯梦龙

打听到这个小丫鬟是华学士府中的人。于是，唐伯虎就假装成一个穷书生，到华府去求职，当了华府公子的书童，改了个名字叫华安。因为唐伯虎经常给华公子修改文章，被华学士知道了。华学士觉得他很有才，就让他给自己整理书房，很信任他。在华府待的时候久了，唐伯虎也慢慢地打听出来那个小丫鬟名叫秋香，是华学士夫人的贴身丫鬟。但是因为男女有别，唐伯虎一直没能跟秋香说几句话。后来，华学士府里的管家去世了，华学士想让唐伯虎当管家，还和夫人一起商量着要给唐伯虎娶个妻子。唐伯虎知道后，就提出要在府里的丫鬟里选一个。谁知道选来选去，竟然没看到秋香，唐伯虎便又提出要在夫人的贴身丫鬟里选，这才看到了秋香。于是，唐伯虎便点了秋香，和秋香成了亲。成亲后，秋香才知道原来唐伯虎不叫华安，而且是苏州的解元，也就是乡试的第一名。从此，唐伯虎便和华府结成了亲戚，和秋香过上了幸福生活。怎么了，这故事有什么问题吗？

唐伯虎

你还好意思问？我自己作为当事人都不知道

超级访谈

唐伯虎

有这事儿,你是怎么知道的?居然还把这故事写进你的《警世通言》里了。

冯梦龙

啊?这事儿是假的吗?我也是从前人的书中看到的,一个叫王同轨的人写的《耳谈》里提到过。之所以它会出现在《警世通言》里,是因为我的"三言"里的故事来源很杂,有的是收录的宋元明以来的旧故事,但一般都有不同程度的修改。

唐伯虎

啊?那你这也叫写书吗?

冯梦龙

当然啊,除了这些之外,"三言"里的很多故事是我自己根据传奇小说、戏曲、历史故事甚至社会传闻创作的。更何况,在创作的过程中,我也把自己的思想融入了进去,简单来说,就是要赞颂人的真情实感,不能只是固守着封建礼教,压抑人的真性情。我写成白话,就是为了让社会最底层的老百姓看得懂,为了在他们之间传播啊!

唐伯虎

原来是这样，怪不得后世说"三言"的出现标志着古代白话短篇小说整理和创作高潮的到来呢！

对啊，所以你要告诽谤，那你去找别人，别找我啊，跟我没什么关系，我走了啊，再见！

冯梦龙

唐伯虎

哎！你别走啊，我不追究了，再跟我讲个里面的故事呗，还挺有意思！

特别推荐

百宝箱？归我了

哎呀，今天真是个好日子，我在一个叫宋懋（mào）澄的文人写的一本书里发现了一个好故事，叫《负情侬传》，我要把它改编一下，写在我的《警世通言》里，改编成什么名字呢？要不就叫《杜十娘怒沉百宝箱》吧！

说是有一个叫李甲的宦家公子，到京城去读书，但他读书不认真，老去外面玩。有一次出去玩的时候，他在青楼中认识了一个女子，姓杜，因为在青楼里排行第十，所以人称杜十娘。杜十娘非常漂亮，李甲对她一见钟情，而杜十娘也很喜欢李甲，就想让他付钱把自己从青楼中赎出来，需要三百两银子。可是，李甲是来京城上学的，并没有带很多钱，他胆子也很小，不敢跟家里要钱，这可怎么办呢？实在没办法，杜十娘把自己积攒的一百五十两银子拿出来，李甲又借了一百五十两，凑够了钱，把杜十娘赎了出来。俩人打算回李甲老家去，临走前，杜十娘的朋友送给她一个盒子，让她路上缺钱的时候用。

杜十娘与李甲乘着船一起去往李甲老家，俩人甜甜蜜蜜,高兴得不得了。但好景不长,有一次他们停船休息的时候,杜十娘在船上唱歌,被另一艘船上一个叫孙富的人听见了。孙富是个心性恶毒的人,他喜欢上了杜十娘,打算把她抢过来。于是,孙富就故意和李甲交朋友,吓唬他说如果他带着杜十娘回家,他父亲一定会很生气,做儿子的怎么能因为一个女子让父亲生气呢?李甲是个懦弱又没有主意的人,一听这话,顿时着急了,就问怎么办。孙富骗李甲说如果李甲把杜十娘送给他,他给李甲一千两银子,李甲的父亲看到他带着一千两银子回去,并没有在京城乱花,肯定很高兴。李甲听了,觉得这是个好主意,正好自己手里也没钱了,就答应了。

　　杜十娘知道了这件事,十分愤怒。她假装同意了这件事,等到第二天早上,李甲和孙富都出现在船头上时,杜十娘打开了朋友们送给她的小箱子,里面有四层抽屉,第一层里装满了明珠宝玉,看得人眼花缭乱,周围观看的人都惊呆了,杜十娘却突然把这些珠宝抛进了江里。又打开第二层和第三层,里面放着玉箫金管和古玉紫金玩器,非常值钱,杜十娘又把它们扔进了江里。再打开第四层,里面放的都是一些稀世珍宝。周围的人都非常惊讶,而李甲知道原来杜十娘有这么多财富,后悔极了,抱着杜十娘大哭起来。当着众人的面,杜十娘愤怒地痛骂了李甲和孙富,周围的人听了她的痛

诉，都开始唾骂李甲是个负心汉，李甲哭着求杜十娘原谅，但杜十娘被伤透了心，她抱起放着珍宝的小箱子，跳进了江里，被水冲走了。而李甲和孙富也羞愧不已，李甲生了病，终身不愈，孙富因病去世了。

这个故事真是好啊，杜十娘是个聪慧善良的女子，她追求的是相互尊重的爱情，发现李甲对自己并不真心后，并没有用千金的宝物去换他回心转意，而是义正词严地痛骂了李甲和孙富，用生命来维护自己的爱情与人格尊严。这就是我最想写的女子啊，我这就把这个故事写下来！

闲着没事儿干点啥

冯梦龙是个有名的大才子，却因为诱导青年玩叶子戏而被告到官府，真是让人啼笑皆非。有人要问了，我们现在的娱乐活动这么多，篮球足球羽毛球，打牌唱歌三国杀，古人又没有这么多可玩的，岂不是很无聊？实际上，古人可玩的东西并不比现在少。

比如我们现在玩的足球，其实战国时期就已经有类似的游戏了，只不过名叫蹴鞠（cùjū），到了汉代，军队都开始用蹴鞠让士兵锻炼身体，到了清代，甚至出现了冰上蹴鞠，人们踢得不亦乐乎。《水浒传》里的大奸臣高俅（qiú）就是因为蹴鞠踢得好，才得到赏识当了大官。

再比如现在的摔跤，其实上古时期就有了，名叫角抵，只不过那时候它还是一种打仗的方式。到了秦汉时期，角抵就变成了一种游戏，后来，人们又称角抵为相扑，宋代时，相扑非常流行，北宋的首都汴京每年都会举行一两次相扑比赛，甚至出现了女子相扑。明代时，角抵又换了个名字，叫摔跤，当时朝廷还有专门的摔跤手，他们的任务就是练习摔跤，每年冬天给皇帝表演。

古人还有一种投壶游戏，战国时期就非常流行。据

文苑杂谈

说当时的士大夫宴请宾客的时候,有一种礼仪是请客人射箭,可是有的客人是不会射箭的,这怎么办呢?他们就在庭院里放一个壶,人们站在远处,把箭往壶里投,投中多的就胜了。这跟咱们现在的套圈游戏是不是有点像呢?

除了这些之外,古代还有一些比较文雅的活动,比如曲水流觞(shāng),最早出现在西周时期。每年的三月三日,人们会在水边举行祭礼,希望能洗去身上的污垢,消除不祥,这就是"祓禊(fúxì)"。在祓禊结束后,人们往往会围坐在河渠两边,在上游放上酒杯,让酒杯顺着水流而下,溪流弯弯曲曲,里面还有水草,酒杯就会时不时地停下,停在谁面前,谁就要取杯饮酒,象征着除去灾祸,有些文人们还要作诗呢!著名的大书法家王羲之就和朋友们一起玩过曲水流觞,还为此写了一篇文章,名叫《兰亭集序》,而他写的这篇文章也被称为"天下第一行书"。

七嘴八舌

赌徒

你写的教人打牌的书太有用了,再写一本吧,我马上买!

教人打牌,亏你想得出来,看我不收拾收拾你!

熊廷弼

杜十娘

我说,你就不能给我个好点儿的结局吗?为什么非要让我跳江啊?

扫二维码,听精彩讲解

凌濛初

独闯敌营的大才子

凌濛初（1580年—1644年）

字　号：字玄房，号初成、即空观主人
籍　贯：浙江乌程县（今浙江省湖州市吴兴区）
代表作：《初刻拍案惊奇》《二刻拍案惊奇》

凌濛初这辈子

凌濛初是明代著名的文学家、戏曲家、套版刻书家。他一生著作颇丰，写了十几种杂剧、五六种经学史学著作、十几种合集，其中的《初刻拍案惊奇》《二刻拍案惊奇》合称为"二拍"，标志着中国短篇小说的创作进入了一个新的阶段。

年少有为

凌濛初生活在一个真正的书香世家。他的祖父是举人，曾担任过南京刑部员外郎；父亲是进士，以文学和雕版印书著名。在这样一个家庭长大的凌濛初从小就很有才气，经常和朋友们一起写诗唱和。因为他在家里排行第十九，所以人们又称他为"凌十九"。二十七岁时，他给当时的国子监祭酒刘曰宁写了一封信。国子监祭酒大致相当于咱们现在北京大学的校长，地位很高。刘曰宁看到这封信后，非常惊讶，认为写得很好，就拿给其他人看，结果那人告诉他："这是我朋友的儿子，曾有人称赞他是天下士人的典范，你难道不知道吗？"当时的人听了这话，纷纷称赞凌濛初，"一时公卿无不知有凌十九者"，意思是天下的达官贵人们没有不知道凌濛初的，可见凌濛初名气之大。

除了写书之外，凌濛初还是一位有名的套版刻书家。套版刻书是一种印刷方式，与雕版印刷、活字印刷并称为中华印刷史上的"三变"。尽管套版印刷不是凌濛初发明的，但他却对套版印刷做出了巨大的贡献，还带动凌氏的许多子弟参与了套版刻书，印的书深受人们的好评。

年纪一大把也要当官

凌濛初虽然极有才华，但是却一直没能通过科举考试，六十岁时，他还去参加了科举，却又没考中。最终，他以替补身份当上了一个小县城的小官。尽管官小位卑，但凌濛初还是尽心尽力为当地百姓做了许多好事。六十三岁时，他升了官，当了徐州的通判，大致相当于咱们现在的副市长，在离开时，小县城里的百姓都舍不得他，痛哭流涕，追着他的车子跑，不愿意让他走。

到了徐州后，凌濛初发现，当地靠近黄河，每年都会有洪水，百姓苦不堪言。于是，凌濛初亲自去视察，寻找治理黄河的办法，最终解决了这个问题，受到了朝廷的多次嘉奖，也得到了百姓们的拥护和爱戴。

为国捐躯

凌濛初生活在明朝末年,当时天下大乱,徐州一带也出现了一伙强盗,首领名叫陈小乙。朝廷派人前来剿匪,凌濛初写了《剿寇十策》,提供了十种方法剿灭匪徒,最终敌军大败,可陈小乙却不投

无伤吾百姓!

降。凌濛初就自己一个人骑着马到了陈小乙的阵营里，冒着生命危险劝说，最终让陈小乙投降，避免了再次发生战争。

可是，没过多久，又有一伙匪徒前来攻打徐州城，因为凌濛初太有名了，这伙匪徒要求见一见他，逼他投降。凌濛初不愿意。可是这伙匪徒势力太强大了，眼看着徐州城就要守不住了，凌濛初打算绝食自杀，让城里百姓把自己的尸体送出去，向敌军投降，以保全百姓。可百姓们非常信任凌濛初，都哭着劝他吃东西。凌濛初又气又急，一直在吐血。最终，他让人扶着他，站在城墙上，喊着告诉匪徒："我的力气已经用完了，马上就要死了，你们千万不要伤害城里的百姓！"匪徒们很敬佩他，就答应了。

第二天，凌濛初呕血不止，连喊了三声"无伤吾百姓"，去世了。匪徒们进城后，果然遵从和凌濛初的约定，没有伤害百姓。

商人太不容易了

商 人

这不是凌濛初凌大人吗？您来逛街啊？来来来，这个您拿着，不要钱，送您的！

啊？为什么不要钱？你不会是骗子吧？

凌濛初

商 人

看您说的，您可是我们的大恩人，怎么能要您的钱呢！要知道，以前人们对我们商人的印象都不太好，老是看不起我们，甚至还说什么"士农工商"，把我们商人排在最后。幸亏有您，为我们写了许多故事，才扭转了一些人对商人的印象。

还有这事儿？我怎么不知道？你们这些骗子骗人的手段能不能换一换？真是没有新意。

凌濛初

商 人

我真的没有骗您，您不信就听我说。您在"二拍"里写过一篇故事，叫《叠居奇程客得助》，说的是一个名叫程宰的商人去外地做生意，

商人

但因为经验不足,亏了本,晚上怎么都睡不着。突然之间,自己住的客栈房间变成了仙境,来了三个仙女,其中一个自称是辽阳海神,这三个仙女每天晚上都来和程宰一起饮酒取乐,就这样过了好几个月。有一天,辽阳海神对程宰说:"经商是你的本业,我要帮你经商赚大钱。"果然,程宰随后赚了一大笔钱,发了大财。后来,程宰想回家了,辽阳海神又告诉他在回家路上会遇到三次灾难,让他小心。最终,在海神的帮助下,程宰顺利地化解了这三次灾难,回到了家乡。这故事是您写的吧?

这我好像有点印象,你真的不是骗子?

凌濛初

商人

当然不是啊,您要不信的话我再给您说一个故事,也是您写的,名叫《转运汉巧遇洞庭红》,说是一个叫文若虚的人有一次打算去海外游玩,因为他没什么钱,所以出发的时候就只花了一两银子买了一筐名叫洞庭红的橘子,准备路上吃。没想到,到了目的地,橘子还没吃完,当地人没见过橘子,以为这是稀世珍宝,都抢着来

超级访谈

商 人

买,文若虚剩下的那点儿橘子居然卖了一千多两银子。回家的路上,文若虚又偶然拣到一个大乌龟壳,里面装满了珍珠,卖了五万两银子。文若虚用这些钱经商,又娶妻生子,从此过上了幸福的生活。

凌濛初

我想起来了,确实是我写的,但这跟你有什么关系啊?

商 人

这怎么没关系?以前人们都看不起商人,在各种故事里,商人总是大反派,但在您的故事里,商人不全是坏人了,甚至连仙女都开始喜欢商人了。而且您笔下的商人大部分善良正直,吃苦耐劳,都是好人啊!

凌濛初

嗨,原来是这样。这你可谢错人了,我之所以这样写,也是因为当时商业和手工业都发展得特别好,城市里人口增加,出现了很多商人,他们大都遵纪守法,百姓们的观念也渐渐发生了变化,开始对商人有了好感。所以我才顺应着人们的想法,写了这些故事。

商 人

那我也得谢谢您,要不是您把这些故事写出来,广为流传,我们商人要为自己正名还不知道得到什么时候呢!来来来,这个橘子您拿着,可好吃了,不要钱,就当是我们的谢礼了。

这怎么好意思呢?不要不要,快拿走,我走了啊,回头见!

凌濛初

特别推荐

假冒尸体来赚钱

俗话说:"无巧不成书。"还真是这样,我凌濛初今天就听说了一个特别巧的故事。

有一个叫王杰的书生特别爱喝酒,有一次喝醉之后,不小心把一个叫吕大的卖姜商人打了一顿,把人家打昏迷了。王杰吓了一跳,赶紧把人救醒,向吕大道歉,还给他送了白绢和竹篮,让他回家了。但没想到,到了晚上,一个叫周四的船夫拿着白绢和竹篮来找王杰,说吕大在回家的路上死在了他的船上。王杰一听,这下完了,自己把人打死了,情急之下,就和家里一个名叫胡虎的伙计一起,把吕大的尸体埋葬了,又给了周四很多钱,让他不要告诉别人。

过了不久,王杰的女儿生病了,他让胡虎去请大夫,结果胡虎一路上边喝酒边走,耽误了很久,等大夫来的时候,已经太晚了,王杰的女儿没有被救过来,去世了。王杰愤怒极了,把胡虎打了一顿。胡虎怀恨在心,就去官府告发王杰,说他打死了吕大。就这样,王杰被官府抓了起来。

王杰的妻子和仆人们都在家里担心不已,但突然有一天,王杰家里来了一个客人,正是吕大,说是之前王杰给他送了白绢,他感激不尽,特地来拜访王杰。原来吕大当时坐船的时候,无意间和船家周四说起王杰给他送东西的事儿,周四一听,就故意从吕大手里买下了白绢和篮子,又找了河里的一具尸体假装是吕大,故意来骗王杰的钱。

王杰的妻子知道了真相,带着吕大去县衙,说出了真相,救出了王杰。知县也命人狠狠地惩罚了周四和胡虎。

瞧瞧,这可真是太巧了,要不是周四知道了这事儿,能有后来的骗人之事吗?要不是王杰找了胡虎帮忙,又怎么会被告发呢?要不是吕大偶然来到王家说出了真相,估计连王杰自己都以为自己杀人了呢!这真是太巧了,我要马上把这个故事写下来,就叫《恶船家计赚假尸银》!

文苑杂谈

商人为什么被人看不起

在现代社会,商人是非常重要的,正是因为有商人四处转卖货物,我们才能吃到各地的美食,买到各地的特产。但在中国古代,很长一段时间里,商人的地位都很低,人们普遍认为,整个社会中有四种公民,分别是"士""农""工""商",也就是读书人、农民、工匠和商人,其中商人的地位是最低的。为什么会出现这种情况呢?

主要原因有三个。首先是不利于社会稳定。在古代,大部分人是农民,土地在哪里,人就在哪里,不怎么走动,商人要买卖货物,那肯定得四处走动,不好管理,也不好控制,很容易导致社会的混乱。再加上商人有时候会囤积居奇,比如,如果发生旱灾,有的商人会提前低价买下许多粮食积攒起来,等到发生饥荒,粮食的价格越来越高的时候,再高价卖出去,这样一来,百姓们手里没有粮食,又买不起,日子过不下去,可能就会发生动乱。

其次是有些商人品性不好,一粒老鼠屎坏了一锅汤。商人嘛,肯定都要追求利益,有些商人为了多卖钱,就会用不好的货物假充好的来卖高价，或者干脆就卖假货，导致人们对商人的印象都不太好。再加上中国古代崇尚的是儒家思想，儒家倡导的是让人们重视仁义，不能过于追逐名利，而商人偏偏又是追求金钱利益的，也就自然地被人们看不起了。

最后就是发展商业会对农业造成很大影响。要知道，对于一个国家而言，农业是很重要的，哪怕是咱们现在，

都很重视农业，毕竟要让人们吃饱，不饿肚子，才能实现社会的发展。可是，要是大力发展商业，农民一看，不用每天在地里干活，只要卖卖东西就能赚钱，那很多人可能就不会再去种地了，粮食产量自然也就下降了。另一方面，商人们赚了钱，该往哪儿花呢？大部分商人都会去买地，雇人来给自己种地，这样一来，许多百姓的地都被买走了，百姓们没有了地，就没有了可以谋生的手段，怎么办呢？这可能就会导致社会的动乱，农业也就发展不起来了。

所以，中国古代商人的地位是很低的，直到明代末期，商业有了很大的发展，商人的地位才渐渐高了起来，人们对商人的印象也渐渐变好了，这也是为什么"三言""二拍"里写了很多正面形象的商人。

七嘴八舌

商人

真是太感谢您了!要不是您,人们都还觉得商人就是坏人呢!

哟,你这一介书生,还敢一个人骑着马来找我,不怕死吗?

陈小乙

百姓

凌大人,您真是一个好官,可不能绝食啊,我们都支持您!

扫二维码,听精彩讲解

张岱

爱玩爱乐的痴人

张岱（1597年—约1689年）

字　号：字宗子，号陶庵
地　位："浙东四大史家[①]"之一；"小品圣手"
籍　贯：浙江山阴（今浙江省绍兴市）
代表作：《陶庵梦忆》《西湖梦寻》

[①] 史学上，张岱与谈迁、万斯同、查继佐并称"浙东四大史家"。

TA这一辈子

张岱这辈子

张岱是明末清初的史学家、文学家，他能诗善画，擅长研究史学，留下了十多部史学著作。同时，他还擅长写散文，被称为"绝代的散文家""小品圣手"，深受后世文人推崇，连大文学家余秋雨都称赞他说："张岱的经典作品，是许多学人查访终生而不得的书。"

天才小神童

张岱出生在一个显贵的书香门第，小时候因为生病在外祖父家里常住，他的外祖父陶大顺曾担任过广西巡抚，很有文采，张岱从小就接受了良好的教育，成了远近闻名的小神童。

有一次，张岱的舅舅来家里做客，正好看到张岱盯着墙上的一幅画发呆，他想考考张岱，于是就出了一个上联"画里仙桃摘不下"，张岱想都没想，马上就回答道："笔中花朵梦将来。"这下可让舅舅惊呆了，小小年纪居然能张口就来，看来这孩子前途不可限量呀！

又有一次，家里有人来做客，吃完午饭后大家一起闲游，正好看到院子里有一片荷花，一位客人就指着荷叶说道："荷叶如盘难贮水。"其他人还在思索的时候，张岱就指着院子里的石榴花朗声回答道:"榴花似火不生烟。"从此,张岱神童的名声就传得更广了。

爱好广泛的时尚青年

张岱出身富贵,文采斐然,但不是一个死读书的书呆子,而是一个生活丰富多彩的时尚青年。

张岱很喜欢斗鸡,专门写过一篇《斗鸡檄》,还和几个好朋友成立了一个斗鸡社,每天都玩得不亦乐乎,附近没有一个人是他的对手。直到有一天,张岱读史书的时候突然发现,原来唐玄宗也很喜欢斗鸡,而且就是因为喜欢斗鸡,不理朝政,导致了安史之乱的爆发。更巧合的是,张岱和唐玄宗都出生在酉年酉月,张岱一看,这可真是太不吉利了,于是,他就下定决心再也不斗鸡了。

张岱还很喜欢品茶,他不仅能喝出茶叶的好坏,还能品出水的味道,甚至只要是他喝过的水,他都能准确地说出这水是从哪里打来的,要泡什么茶才最好。有一次,他外出遇到了一家用水特别好的茶店,他还专门给人家写了一篇文章,叫《斗茶檄》,又给这家店起了个名字,叫"露兄",意思就是他家的茶水特别好,就像是露水的兄弟一样。

除了斗鸡品茶，张岱还很喜欢看戏，特意在家里养了一个戏班子，每天唱戏给他听。听还不过瘾，他还会自己写剧本，自导自演。有一次，他写的一个剧本演出，竟然吸引了好多人来看，排队都排到了大门外。

趁着没死，给自己写墓志铭

明朝灭亡，清朝建立后，张岱的许多好朋友都自杀了，以身殉国，张岱本来也想自杀，但想到自己一直在写的史学著作《石匮书》还没有完成，就苟且活了下来。

可是，他心里十分不愿意为清朝做事儿，就跑到山里隐居了起来，专心写书。六十九岁的时候，他给自己写了一个墓志铭，说自己"少为纨绔（wánkù）[1]子弟，极爱繁华，好精舍，好美婢（bì）[2]，好鲜衣，好美食，好骏马，好华灯，好烟火，好梨园，好鼓吹，好古董，好花鸟，兼以茶淫（yín）橘虐（nüè），书蠹（dù）诗魔[3]，劳碌半生，皆成梦幻。"说自己很小的时候生活就很奢侈，鲜衣怒马，戏曲花鸟，没有不喜欢的，但忙忙碌碌了半生，现在国家灭亡，一切都成了梦幻，雄心壮志都只能付诸东流。可见他对故国的念念不忘，对明朝的忠诚。

---

[1] 纨绔：指富贵人家子弟穿的细绢做成的裤子，泛指有钱人家子弟。
[2] 婢：古时家中供使唤的女孩子。
[3] 指自己喜欢喝茶吃橘子，也喜欢看书写诗。

超级访谈

你说谁是痴人

曹雪芹

哟,这不是张岱吗?你在这儿干什么呢?

咦?你是?
张岱

曹雪芹

哦哦哦,我忘了你还不认识我,我是曹雪芹啊,写了《红楼梦》的那个。我在《红楼梦》前面写了一首小诗:"满纸荒唐言,一把辛酸泪,**都云作者痴,谁解其中味!**"后来有不少人拿这首诗形容你,都说你也是个痴人,我就想着来瞧瞧你到底怎么个痴法。

你可别拿我打趣了,要说我痴,估计是因为我对故国的一片痴心。
张岱

曹雪芹

我倒是觉得人们说得没错,因为我之前看到你写的一段话,是这么说的:"鸡鸣枕上,夜气方回。因想余生平,繁华靡丽,过眼皆空,五十

曹雪芹

年来，总成一梦。今当黍熟黄粱①，车旋蚁穴②，当作如何消受？遥思往事，忆即书之，持问佛前，——忏悔。不次③岁月，异④年谱也；不分门类，别《志林》也。偶拈一则，如游旧径，如见故人，城郭人民⑤，翻用自喜。真所谓痴人前不得说梦矣。"

---

① 古代典故：唐代有一个叫卢生的人，在一家客店里遇到一个道士，这个道士送了他一个枕头，卢生在枕头上睡着了，梦见他与一个姓崔的女子结了婚，还考中进士，当了大官。后来被人诬陷入狱，又被皇上赦免，当了丞相，直到晚年。他在梦里度过了一生，等到醒来的时候，店主人蒸的黄粱饭还没熟。后来人们就用"黄粱梦"比喻不可能实现的幻想。

② 古代典故：一个叫淳于棼的人家里有一棵大槐树，有一天他喝醉了，梦到自己被两个穿着紫色衣服的人引到了一个叫槐安国的地方，娶了国王的女儿，生了好几个孩子，还当了南柯郡的郡守。后来，他带兵去打仗，打败了，公主也死了，国王对他产生了怀疑，就派人把他送了回来。等他醒来后，才发现自己是在做梦，而院子里的槐树下正好有一个大蚁窝，原来槐安国就是这个大蚁窝，槐树南边的枝条下面那个小窝，就是南柯郡。后来人们就用"南柯一梦"比喻不可能实现的幻想。

③ 次：列次序。

④ 异：与……区别。

⑤ 古代典故：有一个叫丁令威的人，年少的时候去灵虚山学法术，千年之后才学会，然后化成一只白鹤回到了家中，停在城门口的一根柱子上。一个少年看到了这只白鹤，拿着弓箭想把它射下来，丁令威就飞了起来，念了一首诗："有鸟有鸟丁令威，去家千年今始归。城郭如故人民非，何不学仙冢垒垒。"意即我在外面学法术，离开家一千年了，现在回来，城郭都还在，百姓却已经不是当时的百姓了，为什么不学仙呢？这样就不会出现这么多坟墓了。张岱此处用此典故，意即明朝的城郭还在，但朝廷却已经灭亡了。

超级访谈

张岱

哦，这呀，这是我在《陶庵梦忆》前面写的序言。唉，明朝灭亡后，我半夜醒来，回忆自己的一生，以前的生活是多么繁华奢侈，但现在一切成空，好像一场梦一样，现在梦醒了，我又该怎么消磨这时光呢？只好回忆往事，写成一本书，在佛前一一忏悔自己做过的事。为了和年谱区别，我没有写年月，为了和《志林》区别，我也没有分类别。随时想起来一件往事，就写成一则短文，就像看到以前的故人一样，自得其乐罢了，我可真算得上是不能在我面前说梦的痴人了。

曹雪芹

看吧看吧，你都说自己是个痴人。要我说，你这也实在够痴心的，明朝都灭亡了，还念念不忘。不过，我前两天还看到你一本书，叫《夜航船》，这也是表达故国之思的书吗？

张岱

要说这本书啊，那我能说的可太多了。你也是南方人，应该知道在江南水乡，人们出行往往都是乘船，要是去很远的地方，船就要在水上走很久，夜间也在航行，这就叫夜航船。因为航行时间太久了,人们又很无聊,所以常常在船上聊天,天南地北,没有说不到的。
张岱

曹雪芹
我懂了!你这本书就跟船上人们聊天的内容一样,包罗万象,不管是生活百科还是趣闻笑谈,都写在里面,对吧?

没错!我觉得"**天下学问,惟夜航船中最难对付**",所以才写了这本书。其实,我写这书还有个原因,是我听说过的一个故事:有一个僧人和一个文人一起坐夜航船,这个文人一路上都在高谈阔论,僧人觉得这文人见识广博,很敬佩他,也不敢招惹他,连腿都不敢伸直,只好蜷缩着听文人说话。听着听着,这僧人觉得文人说得不太对,就问这文人:"澹台灭明指的是一个人还是两个人?"这文人毫不犹豫地回答道:"当然是两个人。"僧人又问:"那尧舜是一个人还是两个人?"文人又说:"自然是一个人!"
张岱

曹雪芹
哈哈哈哈哈,这文人也太没文化了,澹台灭明是一个人啊,是孔子的弟子,尧舜是两个人,

超级访谈

曹雪芹

是古代的两个圣贤的君王啊!这文人居然连这都不知道。

可不是嘛,这僧人一听,就知道这文人根本没有真才实学,一点都不敬佩他了,把自己的腿伸直了,对这文人说:"这等说来,且待小僧伸伸脚。"

张岱

曹雪芹

原来如此,你这《夜航船》还挺有意思的。看来,你这人不仅是对故国痴心,对这种文学小品也挺痴的,怪不得人家叫你"痴人"呢!

谁都不懂我的心

住在西湖边上可真是爽啊,春天赏花,夏天看柳,秋天观叶,现在到了冬天,外面在下大雪,这不正是个看雪的好机会吗?等我叫上两三个人去西湖看雪吧!

哇,西湖真是名不虚传啊,这雪景也太漂亮了!雪下得特别大,放眼望去,天地都是白茫茫一片,树上结满了冰花,真是"雾凇(sōng)沆砀(hàngdàng)①,天与云与山与水,上下一白"。

远远地看西湖长堤和湖中间的亭子,好像都笼罩在雾里,看不真切,只是隐隐约约地看到"惟长堤一痕,湖心亭一点,与余舟一芥②,舟中人两三粒而已",这场景好像一幅水墨画啊,长堤是一抹墨痕,湖心亭就是一个墨点,我坐着的小船像一根小草一样,船里的人就显得更小了,就像两三粒米一样,太美了!真想马上拿起笔来把它画下来啊!

正看着西湖的雪景呢,船就到了湖心岛上的亭子前,我一抬头,里面居然"有两人铺毡(zhān)对坐,一童

---

① 雾凇沆砀:冰花周围弥漫着白汽。雾凇,天气寒冷时,雾冻结在树木的枝叶上形成的白色松散冰晶。沆砀,白汽弥漫的样子。
② 芥:本义是指芥菜,也指小草,用来比喻微小的事物。

特别推荐

子烧酒，炉正沸"，俩人在地上铺了个毛毡，面对面坐着，还有一个小童子正在烧酒，这也太巧了吧，这大雪天居然还有人跟我一样来看雪？那人看见我也很惊讶，"拉余同饮，余强（qiǎng）①饮三大白②而别"，拉着我喝酒，我勉强喝了三大杯，又看了一会儿雪景才回去。

回去前，我问了问那人的姓氏，那人却没有告诉我他姓什么，只说"是金陵人，客此"，原来是来这里做客的金陵人。听到这个地名，我感到特别惆怅，金陵，曾经是大明朝的都城啊，现在，却已经不是了。

回去的路上，我还在发呆，撑船的人却跟我说："莫说相公③痴，更有痴似相公者！"意思是他本来觉得我已经很痴了，没想到还有比我更痴的人。唉，真是没有人能懂我的心啊！

---

① 强：勉强。
② 白：古人罚酒时用的酒杯，这里代指酒。
③ 相公：旧时对士人的尊称。

遗民的故事

明朝灭亡后，张岱心系故国，不愿意出去做官，只想隐居，而在中国历史上，大多数朝代灭亡后，都有许许多多像张岱这样的人，他们被称为"遗民"，指的就是改朝换代之后，一心想着旧朝，不在新朝做官的人。

因为清朝是少数民族建立的政权，所以明朝的文人都觉得自己是被异族人统治了，不愿意出来当官。多数人要么自杀殉国；要么参加了起义军，想反抗清朝，恢复明朝；要么就像张岱一样，躲藏在深山里不出来。

当时有一个叫陈子龙的文人，非常有才华，词写得特别好，被称为"明代第一词人"，他在明朝时考中了进士，可是还没等大展身手，明朝就灭亡了。他不愿意在清朝做官，就参加了江南的起义军，打算推翻清朝的统治。可是起义军的力量太弱小，很快就被清朝的军队打败，陈子龙被俘虏了。在被押送前往南京的路上，他趁着看守的人不注意，跳进水里自杀了。

明朝灭亡后，有像张岱、陈子龙这样的人，但是也有愿意为新朝做官的人。当时有一个大文人，叫钱谦益，他很有文采，却在清军攻破南京后投降了，在清朝当了

文苑杂谈

官。他有一个小妾,叫柳如是,虽然是个女子,却很有骨气。据说清军打进来的时候,柳如是曾经劝钱谦益和她一起跳水自杀,柳如是跳下去了,钱谦益却没有跳,后来柳如是被救起来后,问他为什么不跳,他居然回答说:"水太凉了。"这个故事不知真假,但也表现出人们对钱谦益投降这一行为的不齿。

但历史上也有对钱谦益不同的评价,比如著名史学家陈寅恪先生就写过一本《柳如是别传》,除了写柳如

是，还写了钱谦益在投降后又后悔了，暗地里偷偷和起义军合作，帮助他们反清复明。至于真相到底如何，还存在着不小的争议。

还有一部分人，在明朝灭亡后，眼看着推翻清朝没什么希望，就选择远走他乡，去往日本等地。比如明朝的大学者朱之瑜，他很有文采，大名鼎鼎，连皇帝都听说了他的名号，曾经三次召他去做官，他都拒绝了，人们很佩服他，就给他起了个称号，叫"征君"。后来明朝灭亡，朱之瑜参加了起义军，但眼看着清朝统治越来越稳固，没机会推翻了，为了保全气节，他就乘船离开了中国，到了日本。

日本人很敬佩他，请他在江户讲学，也就是现在的东京。朱之瑜在日本教授了很多学生，还把当时中国先进的农业、医药、建筑等领域的知识带到了日本，推动了日本社会的发展，连鲁迅先生去日本留学时都专门去了他的故居，还在散文《藤野先生》里特意提到了他。

七嘴八舌

舅舅

这小子年纪这么小就这么有才,可得好好培养,多给你布置点作业!

水太凉了也能怪我吗?春天夏天水太热,秋天冬天水太凉,这一年到头就没有个适合跳水的日子啊!

钱谦益

船工

我说,你这大冬天去看雪别叫上我行吗?你不怕冷我还怕呢!

扫二维码,听精彩讲解

图书在版编目（CIP）数据

乐死人的文学史. 明代篇 / 窦昕主编. -- 北京：石油工业出版社, 2023.5

ISBN 978-7-5183-5886-1

Ⅰ.①乐… Ⅱ.①窦… Ⅲ.①中国文学－古代文学史－明代 Ⅳ.①I209

中国国家版本馆CIP数据核字(2023)第025696号

乐死人的文学史·明代篇
窦昕　主编

出版发行：石油工业出版社
　　　　　（北京安定门外安华里2区1号100011）
　　网址：www.petropub.com
　　编辑部：（010）64523616　64252031
　　图书营销中心：（010）64523731　64523633
经　　销：全国新华书店
印　　刷：北京中石油彩色印刷有限责任公司

2023年5月第1版　2023年5月第1次印刷
710×1000毫米　开本：1/16　印张：12.5
字数：100千字

定价：48.00元
（如出现印装质量问题，我社图书营销中心负责调换）
版权所有，翻印必究